台灣報業

報業

歷史、現狀和展望

Taiwan Newspapers: History, Status and Prospects

陳致中 著

台灣報業：歷史、現狀和展望

作　　者：陳致中
發 行 人：陳曉林
出 版 所：風雲時代出版股份有限公司
地　　址：105台北市民生東路五段178號7樓之3
風雲書網：http://www.eastbooks.com.tw
官方部落格：http://eastbooks.pixnet.net/blog
Facebook：http://www.facebook.com/h7560949
信　　箱：h7560949@ms15.hinet.net
郵撥帳號：12043291
服務專線：(02)27560949
傳真專線：(02)27653799
執行主編：劉宇青
封面設計：吳宗潔

法律顧問：永然法律事務所　　李永然律師
　　　　　北辰著作權事務所　　蕭雄淋律師
版權授權：陳致中

初版日期：2016年6月
字　　數：152千字
ＩＳＢＮ：978-986-352-345-1

總 經 銷：成信文化事業股份有限公司
地　　址：新北市新店區中正路四維巷二弄2號4樓
電　　話：(02)2219-2080

行政院新聞局局版台業字第3595號
營利事業統一編號22759935
©2016 by Storm & Stress Publishing Co.Printed in Taiwan

定 價：300元

國 家 圖 書 館 出 版 品 預 行 編 目 資 料

臺灣報業：歷史、現狀和展望 / 陳致中著.
-- 臺北市：風雲時代, 2016.05
　面；　公分
　　ISBN 978-986-352-345-1(平裝)

　1.報業 2.歷史 3.臺灣

890.933　　　　　　　　　　　105005748

目錄

序
台灣百年發展史的剪影與見證

龔鵬程

北京大學教授　台灣佛光大學創校校長

　　在全球華文報業發展史上，台灣報業確實有其不容忽視的位置與特色。從時程延續的角度看，十七世紀大航海時代一度占據台灣的荷蘭人，即把在印尼發行的《巴達維亞日記》傳至台灣，成爲台灣最早的報紙型刊物；而清朝設治後，1885 由在台教會人士所辦的《台灣府城教會報》居然持續發行迄今，殆爲華人世界發行最持久的連續出版物。即此二例，已可概見台灣報業的濫觴乃與中西文明間交鋒、融合的情境互有關聯，亦可見從當初西潮東漸的時代，直到如今全球化成爲沛然莫可遏抑的巨流，台灣一直置身在現代浪潮席捲而來的歷史風濤中，而持續發展和演變的台灣報業，正可視爲台灣百年發展史的某種剪影與見證。

　　本書作者指出，日據時代的台灣，反對日本殖民統治的台灣有志之士紛紛以創辦刊物或小型報紙來宣揚理念，雖因日本統治當局嚴格取締與壓制，而屢起屢仆，但以黃朝琴、蔣渭水等人爲代表所創辦的《台灣民報》畢竟蔚爲民間知識界的中流砥柱，也是一般民眾的精神食糧，即使就新聞專業而言，它也遠超過日本殖民當局所卵翼的《台灣新報》等附庸報紙。

　　尤其值得注意的是，從《民報》到《新民報》，那些台灣早期認同中華母

國、反抗日本統治的有志之士，大多傾慕孫中山的革命理想，事實上，像蔣渭水發起的「台灣文化協會」諸般向日本統治當局抗議的舉動，與《民報》所鼓吹爭民主、愛祖國的理念，相輔相成，對台灣人民產生極大的影響。

不但在理念上傾向孫中山的革命運動，《民報》等由台灣知識菁英所主持的報紙、刊物更傾力報導並宣揚中華文化的精神和內涵，不時與殖民當局收買的島內媚日份子進行論戰；另一方面，這些先知先覺的知識菁英更利用報紙的擴散力，不斷引進及推廣現代化、工業化的相關訊息和理論，使得一般民眾對於當時先進的西方思潮逐漸感到熟悉。正是這一點，使得日本投降，台灣光復，而國民黨當局戰敗而播遷至台灣之後，得以順利推動土地改革和加工出口的政策，為台灣的現代化、工業化奠定基礎。尤其，渡海播遷至台的大陸知識菁英與專業人士，能夠很快與台灣本土的知識菁英、專業人士溝通無礙，進而共事合作，實不能不歸功於發達的台灣報業早已在本土深耕了現代化理念和知識之故。

後來研究台灣社會發展歷程的學者多認為，除了日本人留下的一點輕工業底子，以及美國當年基於自身的戰略利益而施予若干美援外，真正讓台灣在經濟上快速轉型而躋身「亞洲四小龍」之列的主要利基，是具有現代化學養的眾多專業人士主導經濟政策，而熟稔現代化之必要性和迫切性的社會大眾亦咸能認同和配合。究其原委，現代化思想和知識之所以蔚為社會主流，使得台灣的經濟政策和社會轉型能夠同步推進，而一般發展中地區在工業化過程中常見的保守力量掣肘、抵制的現象則微乎其微，究其原委，顯然與當時作為社會主要資訊來源和輿論平台的各大報紙所發揮的正面引導作用，密

不可分。

　　本書作者更強調，從上世紀五〇年代到九〇年代，無論國民黨官方所辦的報紙如《中央日報》《新生報》《中華日報》，或民間報人主持的大報如《聯合報》《中國時報》，政治腔調固然紛紜不一，但對於中華文化的關注與發揚，則是心同理同，全部不曾缺席。台灣能夠成為保存中華文化最完整的地區，而且能夠將以儒釋道為代表的中華文化朝向生活化、深入化、現代化、草根化紮根與灌溉，如今更成為全球華人體驗中華文化的活水來源，以及華文影視、網絡上展演中華文化內涵的取材場域，平心而論，實肇因於這幾十年來作為台灣讀者主要資訊來源的各大報主事者對中華文化的認同與熱愛。

　　現在雖然亦有具特定執拗政治立場的報紙刻意推行「去中國化」，對中華文化持負面態度加以貶抑，但畢竟與台灣報業的主流走向及廣大讀者的生活體驗扞格不入。誠如本書作者所展示的，百年來台灣報業的演進與台灣社會的發展相輔相成，社會一步步走向現代化、民主化、多元化，其間各大報業的主持人、編輯群、記者群，大多是具有現代先進理念及知識的菁英人士，而且不乏引領風潮的批判型公共智識份子；但略一細察便可分明看出，在內心深處，中華文化是其中大部份人的始源與歸宿。尤其，多年來「副刊」曾經是台灣報紙的主要特色，而副刊除了登載優秀的文學作品外，更常刊出深入探討中華文化精神與出路的警世文章，影響所及，全球華文世界對台灣報紙的內容也常引述和討論。

　　誠然，在網絡興起、手機盛行的當前時代，包括報紙、雜誌、書刊在內的所有紙質媒體，均面臨了發行量大幅萎縮的窘境。但正如作者所言，這是

全球性的現象，而雖然閱聽大眾，尤其年輕世代的主要資訊來源已轉向行動載具，故而報業前景堪虞；但「內容」始終是所有媒體資訊的核心，只要報紙能走向以內容品質、專業深度取勝的「質報」，便仍有屹立不搖的利基。傳播學大師麥克魯漢曾提出過傳媒的四定律，實即關於傳媒和科技的四大問：這個媒介在文化上有何增強之處？是否削弱了什麼？所重新拾回的焦點是什麼？推到極處會轉化成什麼？從台灣報業發展的歷史看來，它增強了華文世界的現代化及中華文化的精緻化，削弱了「去中國化」的政治張力，重新拾回了多元化的品位，而且可能轉化為「內容取向」的多媒體現象中的核心要素。因此，台灣報業的路應該仍可一步一腳印地走下去。

　　本書作者陳致中教授深研現代傳媒理論與管理科學，是筆者所熟知的年輕一代佼佼者，他這本介紹與論述台灣報業之歷史、現狀和展望的書冊，雖然篇幅相對精簡，但對百年來台灣報業的發展脈絡，及其在全球華文報業史上的特殊地位，卻已繪出了一個相當完整而妥貼的圖像。全書呈現了明變求因、取精用宏的史識，行文落筆亦堪稱有倫有脊，不蔓不枝，允為此領域內不可多得之作。其父曉林先生本為台灣聯合報系資深主筆，是台灣報業發展史親身參與者之一，亦為知名出版人及評論家，思精筆銳，素為識者所推重，且為本人多年摯友。緣於兩代交誼，我深知致中自幼穎悟，求學時奮勉精進，治學則厚實明達，在台灣及夏威夷修得碩士後，更獲北京清華大學管理學博士，如今在學府任教之餘，猶自潛心著作，常有兼顧學術與實務的作品推出，殊非偶然也。

　　是為序。

前言

就在不算很久遠的過去,「報紙」曾經是整個新聞行業的代名詞,是發行量和影響力最大的大眾媒體,是新聞人的驕傲、「無冕之王」們揮戰的一線陣地。然而自從進入二十一世紀以來,報紙的日子是愈來愈不好過了。

《紐約時報》曾有文章指出,在二十一世紀的前十年,全美國的雜誌和報紙實際發行版面數量至少減少了 40%。2009 年的金融海嘯更讓極度依賴企業廣告的報業雪上加霜,《基督教科學箴言報》、《洛基山新聞》、《西雅圖郵報》等一眾曾經叱吒一時的報紙停刊;而在英國,自金融海嘯以來已經有 70%的地方性報紙宣佈倒閉,大型報團也被迫減員「瘦身」。

在中國大陸,據中國國家新聞出版廣電總局公佈的資料,2014 年,全中國報紙出版實現營業收入同比下降 10.2%;利潤總額同比下降 12.8%。全中國 46 家主要報業傳媒集團主營業務收入與利潤總額分別降低 1.0%與 16.0%;報業集團中有 17 家營業利潤出現虧損,較 2013 年又增加了 2 家。另有資料顯示,2015 年 1-5 月報紙媒體廣告合計同比下降 33.7%。實際情況甚至可能比全國統計數字反映的更為嚴峻,例如全中國最著名報業集團之一的「南方報業傳媒集團」,2015 年廣告收入比前一年下滑了 40%,全集團有超過 500 名核心員工主動離職。

報業的不景氣,並不只是經營策略滯後或經濟不景氣的影響,更多的,

是整個傳媒生態以及受眾生活形態的改變所導致。我們曾對中國廣州以及日本東京的報紙讀者進行過調查，發現整體而言，無論在中國還是日本，年齡越輕的讀者越不習慣讀報，即使有讀報習慣，年輕人的讀報頻率也往往越低、越缺乏忠誠度，同時越容易因為網路和手機的影響而減少讀報。

2005 年，美國北卡羅來納大學新聞學院教授菲力浦‧邁耶（Philip Meyer）在其《正在消失的報紙：拯救資訊時代的新聞業》一書中，運用美國全國民意研究中心的綜合社會調查資料製作了兩個線性擬合圖——1972－2002 年讀者對報紙的信心分佈圖和 1972－2002 年日報讀者數量變化趨勢圖。通過對前者的分析，他預測道：到 2015 年，讀者對報紙的信心趨勢線將觸到 0 點；通過對後者的分析，他做出了以下預測：如果用一把直尺將圖中的線順勢延長，那麼到 2043 年第一季度末，日報的讀者也將歸於零。

儘管我們不能據此武斷地說「報紙將在某年某月徹底消失」，但毫無疑問，大多數人（包含新聞工作者以及講授新聞學的教授們）心中都承認，「報紙」這種媒介形式的消亡是遲早的事，無論時間是幾年後、幾十年或者一百年後，人們遲早會徹底放棄從紙上閱讀新聞資訊這種習慣。說實在話，幾乎一切產品都有著自己的產品生命週期（PLC）——從引入期、成長期、成熟期，到最後走向衰落——儘管可能令人不捨，但報紙顯然也無法擺脫這自然的規律。被稱為「傳媒經濟學之父」的羅伯特‧皮卡德（Robert Picard）教授就認為，西方國家的報紙在 15 世紀以前是「引入期」，15 初至 19 世紀末為迅速增長的「成長期」，20 世紀是平穩的「成熟期」，進入 21 世紀以後處於緩慢下滑的「衰落期」。當然這並不意味著報業集團的末路，它們依然可以轉

型爲依靠新媒體、自媒體、社群網站甚至電子商務來營利的資訊提供者；只是，「報紙」將不再是報紙了。

臺灣的報業也面臨著同樣的劇變和衰落。二十一世紀前十年，臺灣報紙閱讀率從 2000 年的 59% 下滑到 2009 年的 42.2%；報紙 2009 年的整體廣告收入比 2000 年減少了 46.6%。《中央日報》、《民生報》、《中時晚報》、《大成報》等曾經陪伴臺灣一代人乃至幾代人的報紙已經消失，可以說，與其他國家一樣，無論我們承不承認，臺灣報業的黃金時代早已一去不復返了。

然而，臺灣雖小，但臺灣的報業也曾經寫下過光輝的歷史。創刊於 1885 年的《臺灣府城教會報》（現稱《臺灣教會公報》）雖然不是嚴格意義上的報紙，但自一百多年前持續發行迄今，可以說是臺灣乃至於整個華人圈堅持發行最久的連續出版物。《中央日報》、《聯合報》和《中國時報》均曾經在各方面處在整個華人地區報業的領先地位，其中《聯合報》、《中國時報》兩報的副刊更曾經是全世界華文作家最重要的發表園地；聯合報系旗下的《世界日報》至今還是美洲地區發行量、影響力最大的華文報紙。

鑒古而知今，或許報紙的時代已經過去，但那些優秀報紙、成功報人的事蹟，依然能夠爲將來一代又一代的新聞工作者們提供借鑒。本書將首先回顧臺灣報業的簡短歷史，繼而對臺灣近代主要的報紙以及報人進行探討，最後則分析進入二十一世紀以來，臺灣報紙的現狀、面臨的挑戰以及可能存在的機遇等。希望通過這本篇幅精簡的小書，能讓讀者對臺灣報業曾經輝煌的過去，以及當前面對的境遇，有一定的瞭解。

第一章　臺灣報業簡史

第一節　早期新聞活動

聞傳播事業始於日據時期，但其實在日本佔領臺灣之前，臺灣地區已經有了一些類似報紙形態的印刷刊物。

明朝天啓二年（西元 1622 年），荷蘭人佔據臺灣，天啓四年荷蘭人即把在印尼發行的《巴達維亞日記》傳至臺灣，爲臺灣最早的定期刊物，其內容刊載當年荷蘭人在台南赤坎召開會議的相關內容，該刊原件至今仍保存在荷蘭海牙國立圖書館內。（該報刊後來傳到日本，日本幕府譯爲日文出版，稱《官版巴達維亞新聞》，也是日本第一張近代報紙）[1]

清康熙 22 年（西元 1683 年），清朝收復臺灣，從中國大陸渡海赴台的移民漸多，而中國沿海發行的報刊也開始進入臺灣境內。特別是 19 世紀中葉以後，中國東南部沿海地區發行的報刊有不少進入臺灣發行，如今尚可查證的有 1872 年創立於上海的《申報》、1881 年創立於寧波的《甬報》和 1884 年於廣州發行的《述報》等[2]。其中廣州《述報》對臺灣的報導較多，該報在臺灣還設有專屬人員，如「本館昨接獲淡水訪事人遞來信息云」、「9 月朔日，打狗（即今天高雄）遞來資訊云」等，現有史料說明當年《述報》可能在臺灣

---

[1] 李瞻，〈三十年來的大眾傳播事業〉，《臺灣光復三十年》，台中：臺灣省政府新聞處，1975。
[2] 同上。

的臺北、淡水、台南、高雄等地均設有通信員。[3]

　　以上皆爲由外地引進臺灣的刊物,至於首家真正在臺灣印刷發行的刊物則爲《臺灣府城教會報》,於清光緒 11 年(1885 年)7 月 12 日創刊,屬月刊性質,該報並非中文報紙,而是採用閩南語羅馬拼音編寫。《臺灣府城教會報》創始人爲英國長老會牧師巴克萊,基本目的是爲了傳教,由於當時臺灣人民文盲甚多,因此被迫採用羅馬拼音方式發行。1880 年巴克萊從英國運來首部印刷機,並於 1884 年在台南新樓前門附近興建印刷廠房「聚珍堂」,是爲臺灣第一家新式印刷廠。[4]

圖 1-1　1880 年由巴克萊牧師運抵臺灣的首部印刷機

[3]　朱傳譽,〈紀述報,一張不載報史的重要報紙〉,《報學》第 3 卷第 2 期,臺北:中華民國新聞編輯人協會,1963。
[4]　潘賢模,〈臺灣初期的新聞事業〉,《報學》第 2 卷第 5 期,臺北:中華民國新聞編輯人協會,1959。

　　《臺灣府城教會報》雖以傳教為主要目的，但也不乏記錄當時臺灣社會百態和重大事件的文章，以及文藝創作類的作品，猶如今天的新聞報導和副刊一般。該報高 25 公分，寬 18 公分，創刊號為 4 頁，第二期增加為 8 頁，是臺灣最早同時也延續最久的報刊，後改稱《臺灣教會公報》，至今仍在發行。值得一提的是，該報在 1970 年以前均採用閩南語羅馬拼音（也稱「白話字」）發行，是目前保存最完整的閩南語書面出版資料，彌足珍貴。[5]

圖 1-2 《臺灣府城教會報》創刊號（內容採閩南語羅馬拼音）

　　此外，在 1886 年，劉銘傳主政臺灣時，曾仿北京《京報》，在臺灣發行《邸抄》，採用木刻，主要抄錄各種法令規章、官員調遣等官方新聞，僅在各

---

[5] 王天濱，《臺灣新聞傳播史》，臺北：亞太圖書，2002。

官僚部門間發送，一般大眾難以取得。但儘管《邸抄》與目前所謂的報刊差距甚大，仍可算是臺灣最早發行的中文報紙。[6]

第二節 日據時期

1895 年，在馬關條約後，日本佔據臺灣。日本據台期間，對於臺灣言論自由和新聞事業的控管十分嚴格，深怕民族意識崛起影響日本的統治。因此日本政府除了通過保證金和許可證方式施行管制外，由員警部門直接干預新聞出版的現象更是屢見不鮮。不管日本人或臺灣人發行的報刊，只要被認爲內容不符日本政府利益，即予以沒收、取締或禁止發行，甚至強迫解散報社等。到了二次大戰末期，管制手段愈來愈嚴峻，甚至採用「六合一」手法，即強迫把六家報社合併爲一家，以方便政府管理。

日據時期的第一份報紙爲《臺灣新報》，由曾任日本大阪府警部長的山下秀實於 1896 年創辦，由於他並非報人，對報紙完全外行，故創辦後邀請日本《郵便報知新聞》記者田川太吉擔任社長兼總主筆。[7]由於山下秀實同時也是首任臺灣總督樺山資紀的同鄉，與總督府關係密切，因此很快臺灣總督府便將《臺灣新報》納爲總督府的公報，接受總督府的津貼。同年 10 月該報改爲日報，但發行量一直很差，根據史料，這份臺灣最早的近代化報紙，發行量僅有 4811 份。[8]

---

[6] 洪桂己，《臺灣報業史的研究》，臺北：政治大學新聞研究所碩士論文，1957。
[7] 同上。
[8] 王天濱，《臺灣新聞傳播史》，臺北：亞太圖書，2002。

　　1897 年，日本人河村隆實在臺北創立《臺灣日報》，是為臺灣第二家報紙。[9]該報原本想學習《臺灣新報》的路線，成為總督府的公報並領取津貼，但由於補助金額存在差異，導致兩報不斷發生摩擦，從筆戰發展到員工之間的打鬥。最後在 1898 年，第四任臺灣總督兒玉太郎為了加強對報業的控制，協助日本人守屋善兵衛出面收購這兩家報紙，合併為《臺灣日日新報》，結束了這兩份報紙短暫的生命。

　　《臺灣日日新報》是總督府的公辦報紙，也是日本政府控制言論的最重要工具。直到 1944 年與另外五家報紙合併為《臺灣新報》為止，《臺灣日日新報》共發行 47 年之久，可說是日據時期臺灣最重要的報紙。[10]

圖 1-3　《臺灣日日新報》

　　1900 年，《臺灣日日新報》改制為株式會社（股份有限公司），臺灣總督府則以愛國婦人會的名義直接投資，從此該報徹底淪為日本政府言論控制的

---

[9] 吳純嘉，《人民導報研究兼論其反映出的戰後初期臺灣政治、經濟與社會文化變遷》，中壢：中央大學歷史研究所碩士論文，1999。
[10] 王天濱，《臺灣新聞傳播史》，臺北：亞太圖書，2002。

工具。該報原本僅有日文版，但由於大多數臺灣民眾不懂日文，因此於 1905 年發行漢文版，並招集許多臺灣籍人士擔任記者和編輯。

由於當時《臺灣日日新報》漢文版是臺灣籍知識份子唯一的中文精神食糧，影響力頗大，發行狀況也十分良好。但到了 1911 年，中國大陸革命運動風起雲湧，日本政府唯恐臺灣人受到中國大陸革命的刺激，對日本殖民統治帶來不良影響，因此在 1911 年 11 月勒令漢文版《臺灣日日新報》停刊。此後漢文新聞僅保留每天 2 版的形式，刊登在日文版《臺灣日日新報》中。

圖 1-4　位於今天臺北市衡陽路的《臺灣日日新報》總部

除了前述官方或半官方報紙外，日本據台後，許多日本人眼見臺灣並無新聞事業，是值得開發的處女地，從 1897 年開始，陸續有日本人前來臺灣創

辦各式各樣的報紙，如《台澎日報》、《臺灣新聞》、《台南新報》等，但由於殖民政府對臺灣地區的言論控制極度嚴格，動輒勒令停業甚至解散，多數報紙的壽命均不長。[11]

到了一次大戰時期，日本政黨控制國會，對臺灣的政策逐漸由軍人統治轉為文人統治，加上民主思潮的衝擊，臺灣新聞事業得到了進一步發展的契機。1920 年廢除臺灣總督武官制，派遣第一任文官總督田健次郎赴台。

在日本政府治理方式改變和民主思潮東漸的影響，臺灣報業開始由純粹的官方報紙，慢慢向真正的大眾化報紙轉變。1921 年，《臺灣日日新報》為了吸收先進國家的辦報經驗，先後派遣社長赤石定藏、顧問井村大吉、經理石原幸作等人前往歐美國家考察。[12]此後，《臺灣日日新報》內容從嚴肅的政治、社會新聞，逐漸開始關注軟性新聞體裁，報導更加的多元化、通俗化，出現了副刊、雜欄、地方新聞等版面。這種趨勢也影響了其他報紙，不僅報導取向更加多元，原本不分類的版面也逐漸轉變為分類式的版面。整體而言，這個時期的臺灣報業開始慢慢向現代意義上的報紙轉變，而讀者也不再只限於少數的官僚和社會精英，也擴及到一般的社會大眾。

上述的《臺灣日日新報》、《臺灣新聞》、《台南新報》等均為日本人在台創辦的報紙。日本政府為了杜絕臺灣人民的反抗，一直不允許臺灣人創辦自己的報刊。然而，利用報刊來抒發情緒以及反對日本政府的殘暴統治，一直是臺灣籍知識份子的心願。經過艱苦的奮鬥，第一份臺灣人自己創立的日報

---

[11]吳純嘉，《人民導報研究——兼論其反映出的戰後初期臺灣政治、經濟與社會文化變遷》，中壢：中央大學歷史研究所碩士論文，1999。
[12]洪桂己，《臺灣報業史的研究》，臺北：政治大學新聞研究所碩士論文，1957。

《臺灣新民報》在 1932 年終於問世。

　　《臺灣新民報》的創辦可謂百經周折，由於日本政府禁止臺灣人創辦自己報紙的立場十分強硬，臺灣知識份子只得採取迂迴策略，先在日本創辦雜誌，慢慢將發行範圍擴及臺灣，最後再把雜誌社遷回臺灣，並一步步改成日報。

圖 1-5 《臺灣青年》雜誌

　　《臺灣新民報》的前身是 1920 年創辦於東京的《臺灣青年》月刊，內容中、日文各半，編輯兼發行人為蔡培火，為該雜誌工作或撰稿過的還包括吳三連、王敏川、郭國基、林獻堂、連雅堂等，均為在日留學生或臺灣知識份子。由於撰稿人彙聚了當時臺灣各方面的社會精英，該刊內容富有人文素養，

品味高超，儼然是當時臺灣知識份子思想交流的大舞臺。[13]

　　1922 年，第三卷第一期起，《臺灣青年》改名《臺灣》雜誌，仍為月刊，但內容逐漸由抽象的理論轉向更為實際的臺灣問題。由於原本《臺灣青年》無固定資金來源，全靠臺灣民眾自發捐助，因此經常面臨資金短缺問題；因此在改名《臺灣》後，派蔡培火回台籌募資金，1923 年 6 月成立「臺灣雜誌社股份有限公司」，資金問題大為改善。[14]

　　鑒於《臺灣》雜誌每月僅發行一次，宣傳時效性有限，故雜誌社於 1923 年 4 月又創辦《臺灣民報》半月刊，全中文發行，該刊除了嚴肅新聞題材外，還開設了文藝欄，並邀請胡適撰寫喜劇小說「終身大事」在該刊連載，大受歡迎。《臺灣民報》還在台南市設立白話文研究會，後來臺灣新文學運動的興起，可說與這份刊物離不開關係。1923 年 10 月，《臺灣民報》改為旬刊，由於另一份《臺灣》月刊內容多有批評日本殖民統治，經常遭到日本官方禁售，因此雜誌社決定把《臺灣》日文版與《臺灣民報》合併，《臺灣民報》成為中日夾雜的刊物。中文版《臺灣》雜誌則在 1924 年停刊。[15]

　　當時《臺灣民報》可說是屬於臺灣漢人的唯一報刊，儘管在千里之外的日本東京編印，經過重重審查後才能渡海進入臺灣，但在艱難的環境下，該刊始終未曾喪失中華民族的氣節和堅持，並時常轉載章太炎、梁啟超、蔡元培等名家的作品，受到臺灣人民的追捧，銷量曾突破一萬大關。1925 年 7 月，該刊再次改為週刊，每一期出版四開 12 頁，「臺灣雜誌社股份有限公司」也

---

[13] 吳三連、蔡培火、葉榮鍾、陳逢源、林柏壽，《臺灣民族運動史》，臺北：《自立晚報》出版，1993。
[14] 同上。
[15] 同上。

更名爲「臺灣民報社股份有限公司」。

　　在多年打壓始終未能使《臺灣民報》屈服後，日本政府最終採取懷柔政策，該刊終於在 1926 年獲准遷往臺灣發行。回台後《臺灣民報》不改其言論立場，透過文字與日本殖民政府持續爭鬥，也經常對當時的官方報紙《臺灣日日新報》、《台南新報》等加以批評，這讓臺灣讀者大快人心，《臺灣民報》發行量不斷上升，大有壓過官報的趨勢。據統計，同一時期《臺灣日日新報》發行量約 1 萬 8000 份，《台南新報》1 萬 5000 份，《臺灣民報》約 1 萬份，超過其他日本人創辦的報紙。[16]

圖 1-6 《臺灣民報》創刊號

---

[16] 王天濱，《臺灣新聞傳播史》，臺北：亞太圖書，2002。

　　由於週刊性質的《臺灣民報》時效性仍較爲欠缺，1929 年該刊又向臺灣民眾募捐，成立另一家報社《臺灣新民報》，後兩家報社合併，並不斷試圖改制爲日報。1932 年 1 月，《臺灣新民報》終於獲得臺灣總督府同意，得以發行日報，於當年 4 月 15 日正式創刊，林獻堂任社長，林煥青爲發行人兼編輯。[17]除臺北總社外，還在臺灣許多大城市以及中國大陸、日本等地設立分社，版面也從四開改爲對開，內容以中文爲主，兼雜三分之一的日文。值得一提的是當時《臺灣新民報》的人員幾乎都是當時臺灣各界的頂尖人才，其記者和編輯有 90%以上爲大學畢業生。1934 年，《臺灣新民報》獲准發行晚刊，其內容以輕鬆的題材爲主，娛樂、文化、科學、體育等新聞都有涵蓋，亦開始刊登漫畫、照片等。1935 年，《臺灣新民報》發行量突破 5 萬，已經和《臺灣日日新報》成鼎足之勢。

圖 1-7　臺灣人民自己的日報《臺灣新民報》

---

[17]洪桂己，《臺灣報業史的研究》，臺北：政治大學新聞研究所碩士論文，1957。

　　然而到了二次大戰時期，在戰爭的壓力下，日本政府對臺灣報業的管制變得更加嚴酷，各種手段層出不窮，包含情治單位加強對報業言論的監控、減少報業物資供應，以及逐步減少甚至取消報紙中文版面等，使得在戰前逐漸欣欣向榮起來的臺灣新聞事業，重新陷入困頓的局面。

　　1937 年日本加強「皇民化運動」，除要求臺灣民眾改日本姓名、使用日語外，更在當年 4 月要求臺灣所有報紙廢除中文版面。《臺灣新民報》最後也不得不在當年 6 月份正式停止發行中文版。[18]

　　隨著戰事激烈化，日本政府對言論的掌控更加嚴格，由臺灣民眾創辦、經常與官方持反對意見的《臺灣新民報》成為第一個被壓制的對象，日本政府計畫將它與其他報刊合併以方便管理。《臺灣新民報》為了避免厄運，在 1941 年 2 月改名《興南新聞》。[19]

　　然而最終《興南新聞》也未能擺脫被合併的命運。在日本投降前一年的 1944 年 3 月，臺灣總督兼軍司令官安藤利吉宣佈將《臺灣日日新報》、《臺灣日報》、《興南新聞》、《臺灣新聞》、《高雄新報》、《東臺灣新報》六家報社合併為一家，稱《臺灣新報》。從 1920 年的《臺灣青年》開始，這家在風雨中堅持了 25 年的臺灣人自有報刊，終於正式走入了歷史。

　　合併後的《臺灣新報》所有重要職位均由日本大阪《每日新聞》派來的人員充任，臺灣人多半只能擔任副職，且薪酬待遇遠低於日本人。由於當時日本已陷入窮途末路，物資極度缺乏，《臺灣新報》也只是苟延殘喘，從每天

---

[18] 王天濱，《臺灣新聞傳播史》，臺北：亞太圖書，2002。
[19] 楊肇嘉，《楊肇嘉回憶錄》，臺北：三民書局，1968。

10頁、8頁最終縮減爲4頁。[20]最終在1945年8月15日，日本結束了在臺灣50年的統治，《臺灣新報》隨即由臺灣籍人員接收，日據時代的臺灣新聞事業也畫上了句號。

第三節　臺灣光復初期

　　國民黨政府收復臺灣後，接收了日本人留下的新聞事業。其中《臺灣新報》臺北本社與花蓮港分社，由臺灣省行政長官公署聘請李萬居爲社長，自1945年改制爲《臺灣新生報》，台南、台中兩分社則自1946年合組爲《中華日報》，均爲官辦報紙。[21]

　　除了政府出面介入的新聞事業外，臺灣光復初期對新聞的管制相當寬鬆，廢除了新聞許可檢查制度，辦報幾乎沒有任何限制，以至於民間創辦的報紙如雨後春筍般湧現，從1945年11月到1946年11月，短短一年間，新登記的報紙和通訊社多達23家，其中較知名的有《民報》、《興台新報》、《人民導報》等。

　　然而到了1947年2月，「二二八事件」爆發，波及到新聞事業及相關從業人員，十餘家報社遭到查封，《民報》社長林茂生、《人民導報》社長宋斐如、《臺灣新生報》總經理阮朝日等多名新聞從業人員遇害或被捕，且不只民

---

[20]洪桂己，《臺灣報業史的研究》，臺北：政治大學新聞研究所碩士論文，1957。
[21]王天濱，《臺灣新聞傳播史》，臺北：亞太圖書，2002。

營報紙,《中華日報》、《民報》、《和平日報》等三大官辦報紙也未能倖免。[22]

　　二二八事件後新聞檢查開始趨於嚴厲,而許多報紙在事變後就此一蹶不振。但此時期仍然出現了不少頗有名氣的報紙,其中創辦於 1947 年的《自立晚報》和 1948 年創刊的《國語日報》均為臺灣近現代最重要的報紙之一。

圖 1-8　日劇時期的臺灣總督府,光復後仍為臺灣最高權力中心

(現臺灣「總統府」)

[22]吳純嘉,《人民導報研究——兼論其反映出的戰後初期臺灣政治、經濟與社會文化變遷》,中壢:中央大學歷史研究所碩士論文,1999。

圖 1-9　1948 年 10 月 25 日的《國語日報》創刊號

　　1949 年，國民黨政府遷台後，實施戒嚴（「戒嚴」意指由於戰爭等原因，國家處於緊急狀態，因此政府可以用國家安全的名義，在一定程度上剝奪個人的自由），其中言論和出版是重點管制對象。1951 年 6 月頒佈報業從嚴限制登記令，不再核發新的報業登記證，想辦報者只能購買舊報的登記證重新發行。此後一直到 1988 年「報禁」解除爲止，臺灣的報紙數量一直是 31 家。此後又陸續頒佈「限印」（報紙不得在報社登記地以外的地區印刷）、「限紙」（限制報社用紙數量）和「限張」（每天發行的報紙篇幅不得超過一大張半，後經各報社努力爭取，增加到三大張）等，其中限證、限印、限張三項規定即爲有名的「三禁」。

　　儘管有報禁的存在，但此時期也是臺灣報業快速發展的時期，因爲國民黨遷台帶來大量軍民，其中包含許多專業報人以及對新聞事業有高度興趣的

知識份子，他們把中國大陸先進的辦報理念、技術和手法帶到臺灣，許多先進的印刷器材也跟著被運到了臺灣，使得臺灣的報業從過去半專業的、地方性質的報刊，出現了質的飛躍，逐漸轉變成現代化的大眾報紙。

　　直到 1960 年代以前，臺灣報業都是公營報紙佔據強勢地位，《中央日報》和《臺灣新生報》是此時的兩大龍頭，其中《臺灣新生報》幾乎網羅了從上海《申報》去到臺灣的大部分人才，而《中央日報》也是英才輩出，無論是人才、資源還是技術方面，這兩報都要勝過當時的民營報紙。根據 1952 年 1月至 6 月的統計，當時公營報紙用紙量占 82.7%，民營報紙僅占 17.3%。不過此時民營報中也有佼佼者，其中 1951 年成立的《聯合報》是當時最有實力的民營報，甚至超越了《中華日報》而成為發行量第三大的報紙，而《公論報》和《征信新聞》（後更名為《中國時報》）也具備一定影響力。

第四節　1960 至 1980 年代

　　1960 年開始的三十年可以說是臺灣新聞事業的騰飛期。這個時期也是臺灣經濟快速崛起，由農業和輕工業為主的社會，轉向高科技工業社會的黃金期。特別是在 1970 年代推動的核電廠、高速公路、國際機場、石化工業等「十大建設」後，帶動了整個社會和產業的加速發展，臺灣成為東亞地區不可忽視的「四小龍」之一。

　　儘管這個時期臺灣仍然處於戒嚴時期，「報禁」依然限制著新聞事業的發展，但在整個社會人口成長、經濟起飛、教育普及、國民購買力不斷提升的

大背景下，新聞事業仍然有了突飛猛進的發展。根據臺灣「行政院新聞局」每年頒佈的《出版年鑑》，1951 年時全臺灣報紙發行量只有每天 20 餘萬份，到 1961 年成長為 56 萬份，1970 年是 125 萬份，1980 年已經猛增到 350 萬份，到了 1987 年「報禁」解除前，每天發行量已經達到 390 萬份的高峰，幾乎是 1951 年的 20 倍。[23]

　　廣告方面，1960 年全臺灣報紙廣告總收入為 1 億零 230 萬台幣，1970 年增加到 5 億 1080 萬台幣，1980 年更達到 44 億 2620 萬台幣，20 年間增長了 40 倍以上。[24]

　　這個時期的一大特色，是《臺灣新生報》、《中央日報》、《中華日報》等三大公營報紙的發行量和影響力不斷下滑，而以《聯合報》和《中國時報》（原《征信新聞》）為首的民營報紙則突飛猛進，憑藉靈活的經營手法、豐富的新聞和評論內容，吸引了眾多讀者和廣告客戶，成為共同引領風騷數十年的臺灣兩大報。

　　這個時期新聞事業不斷出現革新，例如 1960 年代開始，《聯合報》、《中央日報》等報引進先進的電訊設施，並與美聯社、合眾國際社等國際通訊社合作，報導、轉載國際新聞的速度和品質大為提高；此外，《聯合報》在 1964 年委託日本東京機械所製造出一部中文全自動鑄字排版機，排版速度比人工檢字排版快了四倍，取代了沿用一百多年的人工排版。[25]這是全世界中文報紙史上第一部全自動鑄字排版機器，可以說是革命性的創新。而《征信新聞》

---

[23] 王天濱，《臺灣新聞傳播史》，臺北：亞太圖書，2002。
[24] 同上。
[25] 于衡，《聯合報三十年》，臺北：《聯合報》出版，1971。

則在 1968 年從美國高斯公司購入一部彩色高速輪轉印刷機，此後陸續購入相關的照相排版設備，成爲臺灣第一家可進行彩色印刷的報社。[26]

　　此外，早期的臺灣報紙多爲綜合性報紙，但隨著社會和經濟的發展，綜合性報紙市場逐漸飽和，而許多讀者開始渴求更爲專業化、深度化的新聞內容，因此催生了這個時期專業化報紙的發展。1967 年《聯合報》社成立《經濟日報》，是臺灣第一家經濟類專業報紙，而《中國時報》社則於 1978 年成立《工商時報》，往後的數十年，這兩報始終是臺灣最重要的經濟、財金類報刊，對臺灣的經濟成長和轉型有著不可磨滅的貢獻。

圖 1-10　1970 年代臺灣的報紙廣告（《聯合報》1971 年 1 月 18 日頭版）

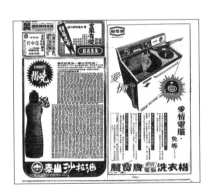

　　另外，《聯合報》社還於 1978 年創立《民生報》，這是一家專門報導生活、體育、時尚、醫藥、兒童等「軟新聞」的報紙，曾被臺灣新聞學者汪琪稱爲

---

[26] 《中國時報》四十年編輯委員會，《中國時報四十年》，1990。

「沒有新聞的新聞報紙」[27]；在當時臺灣經濟已經起飛，人民生活較為富裕，開始更加關注精神生活和育樂資訊的環境背景下，《民生報》很好地滿足了臺灣人這方面的需求，因此一度成為《聯合報》集團中成長最快的報紙，直到2006 年結束經營為止，《民生報》一直是臺灣最重要的生活育樂類報刊。

　　時間進入 1980 年代，最顯著的改變是制約了臺灣新聞事業長達近四十年的「報禁」，終於隨著戒嚴時代的結束，而在 1988 年 1 月 1 日正式落下帷幕。限證、限印、限張等管制措施一解除，臺灣新聞事業頓時進入了真正的市場化時代，發展達到高峰的同時，也為後來的巨變時期埋下了伏筆。

　　報禁開放之初，原本被限證令所局限無法辦報的各界文人、商人，紛紛提出申請辦報，傳統的報業集團也著手創辦新報，導致各類報紙如雨後春筍般快速出現。報禁開放前全台只有 31 家報紙，到 1988 年底核准登記發行的報紙已達 96 家，到 1990 年底更多達 300 餘家。然而許多人申請辦報只是一頭熱，並沒有完整的規劃和充分的資金，許多新辦報紙根本無法按期出刊，甚至還有不少籌備期就夭折的新報紙，最後能夠真正上軌道、每日出刊的報紙也只有 5、60 家左右。

　　這個時期《聯合報》和《中國時報》仍然是臺灣報業的兩大龍頭，在 1990年的統計中，兩報分別佔據臺灣報業市場 31%和 30%的份額，而排名第三、第四的《民生報》和《經濟日報》都是《聯合報》集團的成員，可見其他報紙還無法撼動兩大報的地位。[28]

---

[27] 徐佳士，〈假使家中只訂一份報紙〉，蔡格森主編《民生報二十年》，臺北：《民生報》出版，1998。
[28] 賴光臨，〈檢驗 70 年代報業的發展〉，《中華民國新聞年鑑 80 年版》（注：民國 80 年即西元 1991 年），臺北：臺北市新聞記者公會，1991。

　　由於辦報限令解除，這個時期也是專業報紙和晚報興起的時代，經濟類報紙有《財經時報》、《產經新聞報》、《財訊快報》等一批報紙出現，開始瓜分《經濟日報》和《工商時報》壟斷多年的市場；生活育樂類報紙則有《大成報》出現。甚至在兒童類報紙方面，原本《國語日報》獨霸數十年的局面，也隨著《兒童日報》、《國語時報》、《小鷹報》等報紙的出現而被打破。而《聯合晚報》和《中時晚報》在 1988 年創刊，不但爲兩大報系增添了生力軍，也使得臺灣的晚報市場更加豐富多元。

　　此外，這個時期兩岸關係開始緩和，中斷了近四十年的兩岸新聞界也開始有了交流。1987 年 9 月 11 日，《自立晚報》記者李永得和徐璐以探親名義前往大陸採訪，成爲 38 年來第一批進入大陸的臺灣記者；第二天《自立晚報》在頭版上以五分之三版的巨大篇幅報導此一事件，並強調這將是「帶動歷史向前進的一大步」；這一創舉甚至受到國際媒體矚目，日本《朝日新聞》、《產經新聞》，香港《東方日報》、《大公報》、《明報》、《南華早報》等報紙都在重要版面上刊登這條新聞。也是在這兩位記者的創舉刺激和推動下，再加上兩岸血濃於水的親情，並非任何政治力量所能長期阻絕的，臺灣政府最終於 1987 年 10 月正式宣佈開放臺灣民眾赴大陸「探親」。而在 1989 年 7 月，中國國務院對台辦宣佈了「關於臺灣記者來大陸採訪注意事項」，正式把臺灣記者在大陸的採訪活動加以規範。

　　在報紙編排技術方面，英文《中國郵報》在 1981 年開始正式啓用平版轉輪印刷機和電腦排版系統[29]，而《聯合報》則在中文報紙中首度於 1982 年 9

---

[29] 任念祖，〈當前報紙電腦化的發展概況〉，《報學》第 6 卷第 7 期，臺北：中華民國新聞編輯人協會，1981。

月開始採用電腦排版[30]，《民眾日報》和《中央日報》隨後跟進，從此，臺灣的報業進入了全自動排版的新時代。

圖 1-11　　1987 年首次抵達北京採訪的《自立晚報》記者李永得和徐璐

　　最後，這個時期也是新聞事業進行民意調查這一潮流的發端期。其實早在 1950 年，當時的《經濟時報》（後來該報與《全民日報》、《民族報》合併為《聯合報》）就舉辦過「臺北市第一任民選市長預測」，在該報頭版上刊載「市長預測表」，由讀者圈選自己認為最可能當選的候選人後，剪下寄回報社。當時共收回了 8794 份有效的「預測表」。此後，《臺灣新生報》、《聯合報》等單位也曾進行過類似的民意調查，但以現在的眼光來看，當時的民調無論

---

[30] 鄭逸之，〈聯合報電腦排版系統的發展〉，《報學》第 7 卷第 4 期，臺北：中華民國新聞編輯人協會，1985。

是問卷設計、抽樣過程還是統計方法，都較爲粗糙。[31]

　　真正符合現代社會科學研究方法的民意調查，直到 1983 年才出現。《聯合報》於 1983 年 8 月成立「海內外新聞供應中心」，每當遇到重大新聞議題時，該中心即進行民意調查，並將結果寫成新聞發佈在《聯合報》上。[32]1988年更升級爲「聯合報系民意調查中心」，該中心的調研方法基本上符合科學研究的要求，到 1991 年 6 月爲止，共進行過 714 次調查，訪問人次達 58 萬人之多。[33]此外，《中國時報》也於 1987 年，在專欄組內成立民意調查小組，與《聯合報》的海內外新聞供應中心分庭抗禮。兩大報的民調均採用先進的電腦輔助電話訪問系統（CATI）[34]，調查的效率和嚴謹程度相當高。

第五節　1990 年代以後

　　1980 年代末到 2000 年初期這十來年，無疑是臺灣新聞事業史上變化最快、最激烈的時期。首先在 1988 年開放報禁，使得報業市場由半管制階段進入了真正流血廝殺的市場化階段；短短幾年後，1992 年臺灣開放有線電視合法化，電視市場也由過去三台（臺灣電視公司、中國電視公司、中華電視公司）壟斷的時代，迅速進入群雄並起的混亂局面。而毫無疑問，從 1990 年代開始日益普及的互聯網，對所有傳統媒介都形成了巨大的衝擊。

---

[31]王天濱，《臺灣新聞傳播史》，臺北：亞太圖書，2002。
[32] 張青菁，〈國內報導民意測驗的初探〉，《民意月刊》第 125、126 期，1987。
[33] 黃年主編，《聯合報四十年》，臺北：聯經出版事業公司，1991。
[34] 羅文輝，《無冕王的神話世界》，臺北：天下文化出版公司，1994。

　　在報業方面，1990 年代的第一大事件，毫無疑問是繼《聯合報》和《中國時報》之後的第三大報——《自由時報》崛起。《自由時報》最早的前身是 1946 年創辦的《台東導報》，幾經轉手，1980 年被聯邦建設集團創辦人林榮三收購，改名《自由日報》，1987 年正式更名為《自由時報》。

　　原本《自由時報》只是發行量微不足道的小報，但由於背後有聯邦建設集團的雄厚資金，完全採用市場化、商業化的辦報和促銷模式，硬生生用錢堆出了現在的地位。首先在 1992 年，《自由時報》舉辦「12 周年回饋讀者、6000 兩黃金大贈獎」活動，只要讀者預付報費即可參加抽獎，獎品包含特獎黃金 2000 兩、賓士轎車、吉普車等，總值高達 1 億 6000 萬台幣。此後《自由時報》又陸續推出兩億黃金大抽獎（1993 年）、五億現金抽獎（1994 年）等活動，這些活動具有極大的話題性，既提升了社會關注，又吸引了許多讀者的注意，相當程度上提升了訂報量。

　　此外，在雄厚資金的支持下，《自由時報》為了衝高發行量，從 1995 年開始不惜採取大量贈報的方式，在商家、公司、學校、醫院等人潮較多的地方直接擺放報紙贈閱，據說其贈報占發行量的比例一度高達 30%以上。[35]

　　這些金錢攻勢，加上《自由時報》對發行管道商給予較高的回扣，同時在發行價格和廣告價格方面都採取低價策略（1996 年由於紙價上漲，《聯合報》和《中國時報》均把零售價從 10 元台幣調高至 15 元，但《自由時報》仍維持 10 元），使得它的發行量節節高升，從 1990 年代末起，《自由時報》自稱已經超越兩大報而成為臺灣發行量最大的報紙。雖然由於當時臺灣尚沒

---

[35] 刁曼蓬、遊常山，〈第一大報，金子打造？三大報經營爭霸戰〉，《天下雜誌》194 期，1997。

有權威的發行量稽核機構，各報的發行量資料並不完全可信，但《自由時報》
已經與《聯合報》、《中國時報》形成三足鼎立的局面，卻是千真萬確的。

除了傳統的付費報紙外，1990 年代末臺灣還出現了免費報。臺灣的所有
免費報幾乎都是依託「捷運」（即地鐵）而出現的。1990 年代中期，臺北市
建成了臺灣第一條捷運線路，通過捷運通勤的上班族、學生等人數逐年遞增，
很快變成了一個不容小覷的群體。《臺北捷運報》、《中晚捷運報》、《風報》三
家依託捷運的免費報應運而生。[36]

隨著互聯網的興起，許多報紙在 1990 年代便開始設立網站，把一部分新
聞內容放在網路上供人免費閱讀。然而第一家「網路原生報」──《明日報》
的出現卻是在 2000 年。《明日報》強調讀者可以隨時閱讀，每天「出報」多
達 12 次，每小時更新線上內容；爲了維持高效率的內容生產，《明日報》聘
請了多達 200 名記者、100 多名編輯、製作人和後勤團隊，每天提供 1000 則
新聞。《明日報》在網路上免費發行，營收完全依靠廣告。[37]

《明日報》的創刊曾震撼了臺灣的新聞界和學術界，成爲網路經濟的代
表，訂戶最高達到 36 萬人；它還創立了「個人新聞台」模式，讓用戶擁有自
己的新聞和互動空間，類似後來的博客，最高時有 15000 家「個人新聞台」。
然而創辦不久就遇上了席捲全球的網路泡沫化，加上廣告收益遠不如預期，
創刊第一年就虧損 3 億台幣，最後在 2001 年被迫停刊，壽命剛好一年。[38]

---

[36] 王天濱，《臺灣新聞傳播史》，臺北：亞太圖書，2002。
[37] 同上。
[38] 侯吉諒，〈明日報留下的啓示〉，載《民生報》2001 年 2 月 24 日 A2 版。

圖 1-12　《明日報》停刊

　　進入 21 世紀後，臺灣的新聞市場更加詭譎多變。香港壹傳媒集團的強勢來襲，是這個時期最重要的事件，先是《壹週刊》在 2001 年進軍臺灣，隨後壹傳媒旗下的《蘋果日報》於 2003 年登陸臺灣市場。壹傳媒集團採用完全市場化的運作，強調「讀者想看什麼，我們就給什麼」，以豐富的圖片、誇張的報導，加上更加切合一般民眾欲望的內容，輔以低價和強勢的管道、促銷策略，迅速佔領了臺灣市場，依據 2008 年臺灣報紙發行量稽核機構（ABC）的分析，《蘋果日報》穩居臺灣第一大報的位置，第二名是《自由時報》，而過去獨領風騷數十年的兩大報——《聯合報》和《中國時報》則屈居三、四位，且銷量或廣告量不斷下滑。

圖 1-13 　《蘋果日報》上市前的大幅誇張廣告

　　受到有線電視和網路的雙重夾擊，加上《蘋果日報》獨霸市場，許多傳統報紙都面臨利潤日益微薄甚至虧損的局面，《自立晚報》和《中時晚報》兩家重要的晚報分別於 2002 年和 2005 年停刊；2006 年更是臺灣報業的黑暗年，眾多報紙在這一年結束發行，包含臺灣最重要的公營報紙《中央日報》，以及生活育樂類的兩大知名報紙《民生報》和《大成報》。到了 2008 年，《中國時報》由於不堪虧損，整個集團被臺灣知名食品公司——旺旺集團收購，改稱「旺旺中時集團」。

　　整體而言，臺灣的報業已經遠離了 1980 至 1990 年代的黃金時期。在 21 世紀，由於電子媒體和網路媒體的夾擊，整個平面媒體市場呈現下滑的局面，

而臺灣的所有報業中，除了《蘋果日報》仍能維持增長外，其他報紙都面臨著讀者和廣告客戶流失的局面，許多報紙因此而停刊，仍然生存的報紙也多半不復過往的榮景。未來該如何在網路時代繼續維持報業的競爭力，適應新時代的環境，讓報紙永續經營下去，將是臺灣所有新聞事業經營者和從業人員所面臨的考驗。

第二章　臺灣地區主要報業介紹

第一節　聯合報

聯合報系（英語譯名：United Daily News Group）是臺灣主要的中文報業集團之一，以《聯合報》為核心事業，誕生於 1951 年 9 月 16 日。

聯合報事實上是三家報紙合併而成的，故稱「聯合」。1949 年 12 月，由原《臺灣經濟快報》改組而成的《經濟時報》復刊，由於感到當時臺灣公營報紙獨大，民營報紙在人力、資金等方面均十分缺乏，單打獨鬥極為不易，故於 1951 年 9 月 16 日，該報聯合《全民日報》和《民族報》，發行了《全民日報、民族報、經濟時報聯合版》，採編工作由原本三報共同出人出力完成，社務由原《民族報》負責人王惕吾、《經濟時報》負責人范鶴言和《全民日報》負責人林頂立共同主持，但實質的領導者是王惕吾。這份奇特的聯合版報紙，發行量卻蒸蒸日上，1953 年 9 月 16 日更名為《全民日報、民族報、經濟時報聯合報》。直到 1957 年 6 月 20 日才簡化為如今的名字《聯合報》。

1959 年，《聯合報》搬入位於臺北市康定路的新社址，同年對外宣稱其年發行量突破 7 萬 5 千份，取代公營的《中央日報》，成為當時臺灣第一大報紙。這也是臺灣公營報紙和民營報紙之間，勢力此消彼長的關鍵轉捩點。

1960 年代是臺灣經濟起飛的時期，也是臺灣報業快速發展的年代。以《聯

合報》為首的民營報紙因為經營靈活加言論相對開放，逐漸把公營報紙拋在後面。其年發行量在 1961 年突破 10 萬份，1964 年突破 15 萬份，1970 年《聯合報》發行量已突破 40 萬份，足足比創刊時的 1 萬 2000 份增加了 30 倍以上；而《聯合報》的員工也增加到 1000 多人，廣告收入在 1971 年達到 7800 萬台幣，執臺灣報業之牛耳。[39]

圖 2-1　1971 年的《聯合報》

[39] 王天濱，《臺灣新聞傳播史》，臺北：亞太圖書，2002。

　　在自身業務快速增長的背景下,《聯合報》開始積極開拓多元化市場。由於當時臺灣報紙仍在「報禁」之下,每天報紙篇幅不得超過兩大張（後增爲三大張）,信息量極爲有限;爲了更好地發揮傳播效果,《聯合報》在王惕吾主導下,先後於 1961 年創立《現代知識》（後改名《聯合週刊》）,1964 年創辦《聯合報》國外航空版。1967 年買下《公論報》,將其改組更名爲《經濟日報》,成爲臺灣銷路最大的經濟性專業報紙。

　　1971 年,《聯合報》遷入在臺北市忠孝東路新建的十層報社大樓。1972年,兩位合夥人范鶴言、林頂立決定出售所持股份,由臺灣「經營之神」——台塑集團創辦人王永慶接手。然而王永慶僅半年後就決定退出,把所有股權轉讓給王惕吾;1974 年,《聯合報》結束長達二十多年的合夥制經營,改組爲股份有限公司,王惕吾任董事長。

　　改組後的《聯合報》發展依然迅猛,1974 年創立聯經出版公司和中國經濟通訊社,1976 年在北美成立《世界日報》,1978 年創辦臺灣第一份生活育樂報紙《民生報》,1981 年創立《聯合月刊》（1988 年改名《歷史月刊》）,1982年在法國創辦《歐洲日報》,成爲跨足報紙、雜誌、出版、通訊社的綜合性傳媒集團。其中《世界日報》和《歐洲日報》以美國和歐洲的僑胞和華人爲目標讀者,是海外最重要的中文報紙之一。1980 年,《聯合報》對外宣佈發行量突破百萬份。[40]

　　1987 年 12 月 1 日,臺灣行政院新聞局正式宣告,臺灣於 1988 年 1 月 1日解除報禁,報業進入百家爭鳴的時期。近年來臺灣報業競爭空前激烈,加

---

[40]王天濱,《臺灣新聞傳播史》,臺北:亞太圖書,2002。

上有線電視、互聯網等媒介的衝擊，整體民眾閱報率下降，加上受到《自由時報》、《蘋果日報》等強大的競爭下，《民生報》、《歐洲日報》先後停刊，而《聯合報》的發行量和閱報率也受到打擊，目前其發行量次於《蘋果日報》和《自由時報》，已不復過去之二大報地位。由於利潤逐年下滑，2009 年 12 月，《聯合報》總部搬遷至臺北縣汐止市的聯經出版公司總部，原位於忠孝東路的大樓則拆除，出售土地以換取資金。

圖 2-2　聯合報系位於臺北市忠孝東路的大樓（現已拆除）

2000 年，為了因應互聯網時代的趨勢，《聯合報》成立聯合線上股份有限公司，主要包括「聯合新聞網」和「聯合知識庫」兩事業體，其他並有網路城邦、數位閱讀網、數位版權網等事業。聯合新聞網為《聯合報》集團線

上的電子媒體，包括《聯合報》系統除《世界日報》外的新聞，其每日閱讀線民數量占臺灣前三，目前占中文網路電子報的大宗。「聯合知識庫」則為新聞資料庫，完整收錄聯合報系五十年來 1000 萬則的新聞和資料照片，並支援大英百科、商業週刊等資料庫的查詢。

　　目前聯合報集團仍擁有《聯合報》、《經濟日報》、《聯合晚報》、《世界日報》等報紙，以及聯經出版社、聯合文學出版社、中國經濟通訊社等事業體。現任發行人為王惕吾之女王效蘭。

圖 2-3　聯合報系旗下的《聯合晚報》

圖 2-4　聯合報系旗下的泰國《世界日報》

　　在政治立場方面，《聯合報》立場有偏向保守派的情形，一般被認為是中間偏藍（國民黨）的報紙。因此，《聯合報》在政治報導上往往被歸類為統派媒體，偏向宣揚大中國立場，其社論在李登輝執政之前，直言批判中國國民黨的情況較少。

　　當然作為文人辦報的典型，《聯合報》仍然發揮了很好的「第四權」作用，例如 1954 年臺灣內政部頒佈「戰時出版品禁止或限制登載事項」九條，對新聞媒體的報導內容加以嚴格管制，被稱為「九條禁令」。《聯合報》遂發表「史無前例的新聞禁例」等三篇社論反對限制新聞自由，在《聯合報》和其他報紙的同聲反對下，僅僅五天後臺灣行政院便宣佈此案「暫緩實施」。1958 年，臺灣政府有意循修正《出版法》的途徑，賦予行政機關對報紙及雜誌行政處分權，《聯合報》又陸續發表九篇反對違憲修法之社論，並聯合其他報紙向立

法院提交萬言陳情書，希望廢止「出版法」。但最後第五次出版法修正案仍然被臺灣立法院強行通過。[41]

《聯合報》雖為民營媒體，但由於其創辦人王惕吾是國民黨中常委，因此常被泛綠陣營與其支持者認為是國民黨的「御用報紙」。在李登輝執政期間，聯合報以反李立場建立在野形象，反對淡化「中國」與「臺灣」關聯，所以立場較接近其他泛藍政黨如新黨和親民黨，而非泛綠的民進黨。

2000 年民進黨執政、李登輝脫離國民黨後，《聯合報》對民進黨政府批評，評論偏向深藍立場更加明顯；《聯合報》在政黨輪替前就受民進黨惡評，而在政黨輪替後，幾乎已經完全失去泛綠讀者的市場，這也是其發行量下滑的原因之一。於各項選舉中，《聯合報》則以「報導較多好消息」、「較多讚賞」及「塑造正面形象」方式，明顯偏向國民黨候選人。

對於中國大陸，《聯合報》較少報導牽涉政治等敏感問題，而著重於中國大陸的民生社會。聯合報支持西進政策，樂見在中華民國馬英九總統進行的兩岸和解合作。對於中國大陸的經濟起飛，《聯合報》亦持較為樂觀和讚許的態度。

目前，儘管《聯合報》的發行量和閱報率均遠不如全盛期，但其影響力和社會重視度仍不容小覷。臺灣最大門戶網站 Yahoo!奇摩公佈的 2010「理想新聞媒體大調查」中，《聯合報》的每日閱讀率為 14.5%，僅次於《蘋果日報》和《自由時報》。此外，雖未能奪下「最理想報紙」寶座，但《聯合報》卻獲得「最佳政治新聞」、「最佳財經新聞」和「最佳國際新聞」三大分類新聞獎

---

[41]王天濱，《臺灣新聞傳播史》，臺北：亞太圖書，2002。

項的肯定，同時在「專業度」、「正確性」、「公信力」、「教育功能」、「深度」、「社會關懷」、「國際觀」等七大指標排名第一，顯見《聯合報》仍然擁有相當高的民眾支持度。

第二節　中國時報

　　《中國時報》曾是與《聯合報》齊名的臺灣兩大報業龍頭之一。它的前身是《征信新聞》，由報人余紀忠創辦於 1950 年 10 月，由臺灣省物資調節委員會出資，屬於該會的研究刊物，余紀忠時任該會研究室主任。

　　《征信新聞》創刊時只是四開版面的小型報紙，內容偏重戰後重要商品價格的行情報導，主要讀者是工商界。事實上當時的《征信新聞》更像是一份物價公告而非真正的報紙，由於它對鴨蛋、雞蛋等商品行情報導最為迅速、準確，曾被戲稱為「鴨蛋報」。[42]

　　1951 年 4 月，物資調節委員會因無力負擔，決定讓《征信新聞》獨立出去自辦經營，余紀忠於是多方籌資，於當年 8 月成立「中國征信所股份有限公司」。當時《征信新聞》主要仍偏重於經濟和商情類報導，但到了 1954 年，該報認為隨著社會安定、教育普及，純經濟類新聞已不能滿足多數讀者需求，故開始轉向綜合性報紙。1960 年，改名《征信新聞報》，篇幅也由原先的一大張增為二大張；不過儘管轉為綜合性報紙，《征信新聞報》仍然極為關注工商界讀者的需求，始終保持較大版面的經濟類新聞。

---

[42] 《中國時報》四十年編輯委員會，《中國時報四十年》，1990。

　　1968 年該報正式更名爲《中國時報》，並在同年引進全臺灣第一台照相製版彩色輪轉印刷機，是全亞洲第一家裝備這種先進設備的報紙。到了 1970 年代，《中國時報》已經成長爲僅次於《聯合報》的臺灣報業巨頭。1972 年發行量超過 43 萬份，同年該報每日版面增爲三大張，並繼續添購最先進的設備。1972 年收購《大眾日報》，1978 年改爲《工商時報》發行，是臺灣繼《經濟日報》後的第二份經濟類專業報紙。1979 年，《中國時報》發行量突破百萬份。[43]

　　與《聯合報》相似，《中國時報》在本業發展勢頭良好的基礎上，也開始進行多元化的經營。除了《工商時報》外，於 1975 年成立時報文化出版公司，後來成爲臺灣第一家股票公開發行的出版社。1978 年創辦《時報週刊》。報禁開放後，於 1988 年創立《中時晚報》。

圖 2-5　《中國時報》報系大樓

---

[43] 王天濱，《臺灣新聞傳播史》，臺北：亞太圖書，2002。

　　除了媒體本業外，《中國時報》早期一直以日本的《讀賣新聞》為學習對象，關注公益、社會發展、文化和體育活動等，跨足許多相關領域，如設立「時報文教基金會」、「時報文化基金會」、「華英基金會」等公益性機構；其舉辦的時報廣告獎，是華文廣告業界歷史最悠久的廣告獎。《中國時報》還曾在 1991 年贊助臺灣職業棒球隊「時報鷹隊」，後來因涉入職棒簽賭案，成軍七年後解散，隨後又在 2004 年 10 月 23 日，以時報鷹棒球教練隊名義成立。而「時報旅行社」則與日本讀賣旅行社合作，主要經營高價位旅遊產品。《中國時報》在 1990 年代起也開始舉辦大型藝文展覽，如 1997 年國立歷史博物館的「黃金印象展」等。

　　2000 年後，在臺灣無線電視公司改組、「黨政軍退出電視」的趨勢下，《中國時報》於 2002 年並購了中天電視公司，並於 2005 年通過持股的香港榮麗投資公司，收購原由中國國民黨所有的中國電視公司，正式成為跨足平面、電子、網路媒體的綜合性傳媒集團。

　　然而，隨著臺灣閱報人口的減少，加上《蘋果日報》於 2003 年強勢來襲，《中國時報》集團的境地每況愈下。先是《中時晚報》於 2005 年停刊，接著在 2008 年 6 月 18 日，《中國時報》社長林聖芬表示，因媒體環境改變，廣告市場衰退而影響經營，中國時報風格將轉型成「菁英報」，採取裁員、減張等節省成本的措施。

圖 2-6　《中時晚報》停刊號

2008 年 11 月 5 日,《中國時報》刊登一則聲明:「中時媒體集團基於對社會的責任與使命,在經營環境日益艱困之際,為期永續經營發展,決定邀請旺旺集團蔡衍明先生接棒經營。」事實上早在當年 9 月份,坊間就傳出消息,中時集團因旗下《中國時報》虧損嚴重,董事長余建新有意將《中國時報》、中天電視等媒體,售予已成功在臺灣落腳的壹傳媒集團。此後,香港媒體紛紛援引未具名消息人士的話,稱黎智英與余建新的談判已接近最後階段,預計交易將在十一月披露。

不料 11 月 3 日出現峰迴路轉變化,原本有意購買卻因故放棄的旺旺集團回頭和中時談判,提出較高的金額,並一次買下中時、中天、中視三媒體。旺旺集團老闆將以 204 億元新臺幣的金額,取得中時集團所有媒體的經營權。結果從 2008 年 11 月起,旺旺集團總裁蔡衍明以個人名義入主經營中國

時報集團，余建新轉任榮譽董事長。2009 年，中時集團與旺旺集團正式整合為「旺旺中時集團」，成為一個橫跨食品、媒體等產業的企業集團。

雖然《中國時報》在臺灣同樣被歸類為中間偏藍，但余紀忠時代的《中國時報》帶有一定程度的自由派色彩。報社經營權於 2008 年移轉至旺旺蔡家後，報導立場轉為較為親中，而在社會關懷層面屬於社會自由主義。

《中國時報》在過去半個世紀中，也多次因為新聞報導而與政府關係緊張。《美洲中國時報》因「江南案」等事件停刊，大篇幅刊載美麗島事件軍法大審，更幾乎讓具國民黨中常委身分的創辦人余紀忠與掌權的蔣經國政府決裂。民主進步黨於 1986 年 9 月 28 日成立時，中國時報也是唯一於頭版刊載消息的平面媒體。2002 年余紀忠之子余建新接掌報社後，因政治勢力介入《中國時報》、《中時晚報》至使所報導的新聞多次被提告，並曾被檢方搜索。

《中國時報》對臺灣文藝界也有較大的貢獻。1975 年設立「人間」副刊，呈現與傳統報紙副刊大相徑庭的嶄新面貌，內容不僅限於文學，而擴展到文化層面，開闢「海外專欄」，延攬海外學人執筆。並舉辦「小說大展」、「散文大展」、「時報文學獎」等多項活動，幾乎凝聚了當時臺灣所有主流的文人與知識份子，成為海內外華人作家著作薈萃的中心。副刊在報紙上的地位，能夠從附庸晉升為各大報均重視的主要版面，《中國時報》當居首功。1978 年創立的「時報文學獎」至今仍是華人界最重要的文學獎項之一。

此外，《中國時報》還是最早開始關注中國大陸新聞的臺灣報紙之一。在報禁解除之前，由於兩岸隔絕，臺灣報業對大陸的新聞關注甚少，大陸消息幾乎全屬於轉載外國媒體的「二手傳播」，且篇幅、深度根本不足以滿足臺灣

民眾的需求。因此，《中國時報》於 1979 年在報社內設置大陸研究室，成為臺灣第一家設立大陸研究室的單位。後來因為形勢與需要，1989 年 4 月 22 日，將大陸研究室改制為以大陸新聞採訪為主軸的大陸新聞中心。

在旺旺集團接手《中國時報》集團後，對中國大陸新聞更為關注，並創辦了臺灣第一份以報導大陸消息為宗旨的報紙《旺報》。2009 年 8 月 4 日至 8 月 10 日隨中國時報集團旗下的《工商時報》發行試刊號，2009 年 8 月 11 日《旺報》正式發行。同時中國時報集團下屬的網路媒體《中時電子報》也開設了《旺報》首頁。《旺報》鎖定的讀者群是想到中國大陸旅遊的臺灣人士，或想去中國大陸求學、工作、經商的人，由於兩岸交流日益密切，在大陸長期居住的臺灣人粗估就有約 100 萬人以上，還有更多臺灣人有意向到大陸發展，繼而需要增進對中國大陸的整體認識和瞭解，因此成為《旺報》 所針對的市場區隔。

《旺報》平日發行 5 大張，星期日發行 4 大張，內容涵蓋中國大陸的財經要聞、政策解讀、趨勢觀察、理財投資、教育職場和文藝旅遊等方面。為了盡可能全面地提供大陸消息，《旺報》與大陸多家媒體合作，進行新聞的轉載和匯整。2010 年 8 月 13 日《旺報》與福建《海峽經濟》雜誌締約合作，兩刊交換刊登區域財經資訊。同日，《日本經濟新聞》與《旺報》結盟，由《旺報》提供英文版中國新聞給《日經》用戶。同時《旺報》還與香港《文匯報》簽合作協定，由《文匯報》定期提供財經、旅遊等新聞給《旺報》。目前，《旺報》還與新華社、《中國青年報》、《財經雜誌》、《新浪網》、《上海商報》、《第一財經日報》、南方報業傳媒集團等大陸媒體合作，大量轉載這些大陸媒體的

新聞和評論。2010 年 10 月 2 日。以「臺灣精神、華人觀點、全球視野」爲宗旨的英文旺報（Want China Times）以電子報形式正式創刊。

圖 2-7　《旺報》創刊

第三節　自由時報

　　《自由時報》創立於 1980 年 4 月 17 日，原名《自由日報》，於 1987 年改爲現名。創辦人爲聯邦建設集團董事長林榮三，現任發行人爲吳阿明，社址位於臺北市內湖區，公司全名爲「自由時報企業股份有限公司」。其報紙理念爲「臺灣優先，自由第一」，具有很強烈的本土色彩，內容及評論被認爲偏向泛綠（民進黨）立場。

　　《自由時報》前身爲 1946 年 12 月 12 日創刊的《台東導報》，當時臺灣光復後新報如雨後春筍般出現，許多草率辦起的報紙體質不佳，加上競爭激烈，該報經營情況每況愈下。1948 年 12 月 12 日，在台東縣國大代表陳振宗等地方人士支持下，申請改爲《台東新報》，陳振宗出任發行人。然而此舉並未扭轉該報的命運，由於虧損過多，1950 年 10 月 11 日宣佈停刊，直到 1952 年 7 月 12 日，經中國國民黨台東縣黨部主任委員吳若萍出面主持，才得以復刊。但因該報銷售範圍僅限於花蓮與台東兩縣，屬於臺灣經濟發展較爲緩慢、缺乏大型企業的地區，因此缺乏廣告收入，經營困難，勉強維持到 1961 年元旦，終於宣告停刊。[44]

　　在「報禁」時期，由於不能辦新報，這類經營不善的報紙很容易就能找到願意接手的下家。《台東新報》停刊後迅速轉手，買主易名爲《遠東日報》重新發刊。1978 年初經營權再轉移，改名爲《自強日報》，發行地也從台東遷往彰化。

　　1980 年 4 月 17 日，《自強日報》以新臺幣 4000 萬元的代價，轉賣給林榮三的聯邦建設集團，1981 年 1 月 1 日改名《自由日報》，正式成爲臺灣中部地區的地方報紙。1986 年 9 月 15 日，該報獲准遷至臺北縣新莊市發行，1987 年 9 月再度更名爲《自由時報》，並開始積極往全國性報紙之規模發展，1989 年報社總部自新莊遷至臺北市南京東路。此後，在經營者的努力及背後財團的資金支援之下，《自由時報》成功發展爲繼《聯合報》和《中國時報》之後的臺灣第三大報，目前仍爲臺灣有數的大報之一。

---

[44]王天濱，《臺灣新聞傳播史》，臺北：亞太圖書，2002。

　　事實上，《自由時報》的崛起，被認為是臺灣報業由「文人辦報」轉向「商人辦報」的一個轉捩點。林榮三及聯邦建設集團挾龐大資金，不計成本地撒錢大做行銷，硬是把《自由時報》從默默無名的中臺灣地方報紙，堆砌成了與《聯合報》和《中國時報》比肩的臺灣三大報之一。

　　《自由時報》的真正崛起，發生在 1992 年，舉辦了「12 周年回饋讀者，6000 兩黃金大贈獎」活動，強調讓讀者「看好報，中大獎」，只要讀者預付報費即可參加抽獎，而特等獎是「創業基金」黃金 2000 兩，以當時的市價來看，價值超過台幣 2000 萬元；頭獎為黃金 1000 兩，其餘獎項還包括「購物基金」100 兩黃金、賓士轎車、吉普車、摩托車等，總計 1152 個獎項，總值超過台幣 1 億 6000 萬元。當年 10 月 20 日，在 12 位律師、6 位會計師見證下，進行公開抽獎活動，全程還透過中視（中國電視公司）直播，一舉打響了《自由時報》的知名度和話題性。

　　該項活動結束後，《自由時報》仍未停止這種高金額的訂報抽獎手段，先後推出「訂報抽兩億黃金」（1993 年）和「每日對股市現金抽獎，5 億連環大贈獎」（1994 年）等，獎額一次比一次高。以 1994 年的抽獎活動為例，讀者只要訂閱《自由時報》一年，預繳報費 2040 元台幣，即可獲得兩張收據，從 1994 年 5 月 2 日至 8 月 27 日，依收據上的號碼與臺灣股票加權收盤指數進行比對，連續 100 天，只要對中者即可獲得 2 萬台幣（名額 5000 人）、20 萬元（名額 330 人）、50 萬元（名額 170 人）不等的現金。這還只是第一階段，另外兩個階段是「刮刮樂」和「統一發票號碼比對」，前者可獲得包括小轎車、金幣、手錶等獎品；而如果收據號碼與當年 7 月份統一發票特獎號碼 6 位數

完全相同者，可獲得價值 3000 萬台幣的別墅一棟（由聯邦建設集團興建），其餘獎品還包括 7 輛保時捷跑車等。[45]

從「訂報送黃金」、「訂報送轎車」到「訂報送別墅」，一系列史無前例且聳人聽聞的抽獎活動，使得《自由時報》的知名度幾乎壓倒了傳統的兩大報。

然而《自由時報》發行量的真正突破是發生在 1995 年，當時 SRT（臺灣聯亞行銷研究公司）的媒體閱讀率大調查，是臺灣廣告界唯一的媒體接觸率參考指標。而 SRT 的調查並未區分付費發行和免費發行，這就成了《自由時報》突破的關鍵所在——利用大量贈報來衝高發行量。其實當時臺灣許多報紙都有贈報的行為，但規模極小，一般只占發行量的 1%至 5%，但《自由時報》卻完全把贈報當作常規發行手段之一，傳聞其贈報有時可占到發行量的 30%以上。

圖 2-8　《自由時報》

[45]刁曼蓬、遊常山，〈第一大報，金子打造？三大報經營爭霸戰〉，《天下雜誌》194 期，1997。

　　《自由時報》的贈報主要鎖定都會區，以改變過去「《自由時報》只有鄉下人看」的印象。人員來往眾多、傳閱率高的一般商家是主要贈報對象，公司行號、醫院、計程車停靠點也在贈報的範圍內。在最高峰期，幾乎是只要有門牌號碼就可以看到《自由時報》贈報的身影。1999 年 8 月末，《自由時報》開始固定在每週一至週五的清晨，向臺北市各高中、高職供應大量完整版的報紙，免費供應各校師生，由班級幹部於晨間拿教學日誌時帶回各教室，同時期還有同屬泛三重幫宏國集團的《大成報》也搭上順風車進入校園，這也是「免費報」第一次以校園為派發重點。其後《中國時報》及《聯合報》也不得不採用類似手法，在捷運站外或學校贈送報紙提高閱報率。

　　此外，由於當時兩大報已經佔據臺灣主要都會區的管道網路，《自由時報》為此發動了搶奪管道的戰爭，除了建立自由送報系統外，還以利益侵蝕兩大報的經銷網。當時報紙發行一般是 73 分賬，報社占 7 成，管道商占 3 成，《自由時報》卻開出 64 成的拆賬比例，硬生生搶佔了不少派報管道。另外在臺灣中部地區，《自由時報》還採取免費發行的手法，也就是讀者每訂閱一份《聯合報》或《中國時報》，就免費贈送一份《自由時報》，直接依附在兩大報發行管道上拓展自身。抽大獎、大量贈報加上低價發行，產生了極大的效果，在 SRT 的調查中，《自由時報》很快超越了傳統的兩大報。[46]

---

[46] 刁曼蓬、游常山，〈第一大報，金子打造？三大報經營爭霸戰〉，《天下雜誌》194 期，1997。

圖 2-9　《自由時報》大樓

　　1995 年 4 月，《自由時報》在美國大紐約地區發行的華文姐妹報《美東自由時報》創刊，與《自由時報》是代理關係，創辦人是江蕙美。2007 年 1 月，民進黨人士與美國親綠臺灣僑民領袖共 50 多人籌措捐助 12 萬美元給當時已面臨財務危機的《美東自由時報》。2008 年 6 月 14 日，由於不敵財務危機、無法拓展讀者群、無法拓展廣告主，《美東自由時報》宣佈停刊。

　　2007 年，《自由時報》在「傳統三大報」(《聯合報》、《中國時報》、《自由時報》) 中首先加入中華民國發行公信會 (ROC-ABC) 進行有費報發行量稽核 (ROC-ABC 在稽核發行量時不列計「免費報」，即免費供不特定人士自由取閱的報紙)，結果稽核報告證明於 2007 年 3 月期間每日平均實銷量超過 72 萬份，大幅領先同時期的《蘋果日報》約 21 萬 5 千份，並由公信會正式認證為「稽核期內」全國第一大報。對此結果，《聯合報》表示正在評估是否加入，《蘋果》及未加入之《中國時報》則不予回應。

在臺灣的主要報紙中，《聯合報》和《中國時報》政治立場均爲偏藍，而一般認爲《自由時報》現今的政治傾向爲深綠。在李登輝時代，《自由時報》原本偏向國民黨內的本土派，力挺李登輝。只要李登輝欣賞的人選，甚至包括連戰（當時被視爲李登輝接班人），無不全力力捧或護航。一般認爲此乃因爲社長林榮三向來支持李登輝之故。

2000 年政黨輪替後，《自由時報》在立場上隨著李登輝轉爲較支持陳水扁（2005 年後李登輝則與陳水扁漸行漸遠）與民主進步黨，而予外界「《自由時報》支持陳水扁」的印象。而於各項選舉中，自由時報則以「報導較多好消息」、「較多讚賞」、「塑造正面形象」方式，或「刻意淡化或不報導負面消息」，來偏向民進黨候選人。例如：2006 年臺北市長選舉。

《自由時報》在取得市場佔有率後，開始擴展其事業版圖。1999 年 6 月 1 日，英文報紙《臺北時報》（Taipei Times）創刊。2006 年申請籌設三個電視頻道——自由新聞台、自由電視臺及自由 news 頻道，並獲臺灣通訊傳播委員會（NCC）核發執照，但因未在期限前開播，執照已失效。此外，《自由時報》亦推出自己的人力銀行網站——Yes123 求職網。

第四節　民生報

《民生報》前身是《華報》，由《聯合報》創辦人王惕吾以台幣 1300 萬元的代價買下，改頭換面後，於 1978 年 2 月 18 日重新發行。（當時臺灣仍處於「報禁」之下，原則上禁止辦新報，因此想辦新報的人通常會買下經營不

善的報紙，改名後重新出刊）《民生報》是繼《聯合報》和《經濟日報》後，聯合報系的第三份報紙，也是臺灣報業史上第一份以民眾日常生活資訊、影視娛樂、體育等「軟新聞」為主的專業報紙。[47]

《民生報》問世的原因，是當時王惕吾有鑒於《聯合報》在 3 大張的篇幅限制下，必須優先滿足政治、經濟、社會類新聞的報導需求，因而無法深入完整地報導和民眾物質及精神生活切身相關的衣、食、住、行、育、樂等新聞，而偏偏這些資訊又是民眾所需要的。於是他決定再創辦一份以提高民眾生活素質為目標的新報，命名為《民生報》，宗旨為「實踐民生主義，促進大眾福利、提高生活素質、創造健康生活」。[48]

圖 2-10　臺灣第一份生活娛樂類報紙《民生報》

---

[47]王天濱，《臺灣新聞傳播史》，臺北：亞太圖書，2002。

[48] 胡幼偉，〈一份嶄新報紙的誕生〉，《民生報十年》，臺北：《民生報》出版，1988。

　　民生報主要內容分為生活資訊、體育、文化藝術、家庭、醫藥衛生、電視影劇、兒童等方面，王惕吾希望這份報紙「以知識性、實用性、娛樂性及趣味性並重的做法，並以嚴肅的立場、活潑的態度來報導及詳述國內外衣、食、住、行、育、樂的大事」。這種題材在當時的臺灣是史無前例的，是一項革命性的創舉。為使員工和民眾能迅速接受，王惕吾曾指出，《民生報》的定位是「家庭的第二份報紙」，以此和傳統綜合性、嚴肅性報紙明顯區隔。[49]

　　《民生報》的發行受到王惕吾的極度重視，除了由《聯合報》發行人、王惕吾長子王必成兼任《民生報》發行人外，還特別找回以旅居國外多年的長女王效蘭回國擔任社長，可以說是在《聯合報》和《經濟日報》的全力支援下，投注了整個集團的資源和心血，才打造出了這份臺灣第一家生活育樂類的專業報紙。到 1981 年，《民生報》推出彩色版，每日發行對開一大張，發行量已經突破 12 萬份。

　　具體而言，《民生報》的特色與定位有以下幾點：

1. 關注民生與娛樂。報導內容主要是以生活、體育、影劇消息、家庭、醫藥衛生為主，俗稱「吃喝玩樂」報。這種題材和定位在當時的臺灣可說是獨一無二的。

2. 注重自採新聞和言論。《民生報》90%以上的新聞都是自己的記者採寫出來的，轉載新聞的比例很低。該報有五、六人專門從事言論、社評工作，

---

[49] 胡幼偉，〈一份嶄新報紙的誕生〉，《民生報十年》，臺北：《民生報》出版，1988。

非常注重對民生類新聞的分析和評論，這也和一般報紙的政治、社會取向社論不同，顯得獨樹一格。同時，該報還十分注重大陸新聞，是臺灣第一批設立大陸新聞專門板塊的報紙之一，特派記者常駐北京，並兼採江蘇、廣東及上海等地。

3. 屬於傳統的辦報風格，走的是「正派辦報」的傳統路子。雖然關注民生新聞，但《民生報》仍延續著《聯合報》「文人辦報」的傳統，即注重正經的新聞採訪、寫作和查證工作，編輯方式也中規中矩，很少有八卦或獵奇式的新聞。這是《民生報》的優點，但也是它後來被迫停刊的原因之一。因為在 1990 年代後期，八卦式的新聞已經開始充斥臺灣報業市場，以揭醜獵奇煽情為己任，大量運用誇張的圖片、漫畫等，提高新聞的衝擊力，滿足許多讀者嗜血、獵奇的心態。這種八卦式風格，並非臺灣報刊本土生產，而是源於外報如香港報刊搶灘而成，最先影響到雜誌，後來對日報也產生了衝擊。尤其是 2003 年的蘋果日報入台，更加劇了這種八卦式新聞對傳統報刊的挑戰。

4. 《民生報》早就開始了其跨媒體操作的項目，主要有：1980 年代末期至 1990 年代末期，《民生報》與電視媒體合作製播兒童節目《兒童天地》；1990 年代，《民生報》與電子媒體合作舉辦「金曲龍虎榜」；2000 年以後，每年的春節假期，《民生報》又合作制播出《歡樂民生》系列特別節目。

　　《民生報》作爲臺灣第一張生活、娛樂、體育方面的專業大報，曾經是聯合報系中最耀眼的新星，在臺灣經濟起飛、人民生活富足，對精神和娛樂生活日益渴求的背景下，可說是前途看好的。然而恰恰是這份著眼「民生」的報紙，卻成爲聯合報系當中第一個倒下的大將，於 2006 年 12 月 1 日停刊。《民生報》停刊的背後有三個主要原由：一是近年因臺灣經濟不景氣，廣告收益下滑；二是網路等新媒體衝擊日甚，導致傳統平面媒體讀者數量日益減少；三是傳統的紙質媒體間競爭也十分激烈，外報、免費報挑戰傳統，特別是香港媒體大舉登陸臺灣，迫使部分傳統報紙生存艱難。正是由於這些原因，導致《民生報》連連虧損，最終無法支撐，終於在年末加入了臺灣停刊報紙的行列。不管如何，《民生報》也曾叱吒風雲，它的停刊，說明臺灣島內傳統媒體生存之不易。

　　首先，臺灣媒體解禁前的 1980 年代，只有報紙 31 家，其中國民黨黨營、官方及軍方辦的 15 家，占了將近一半，民營 16 家。1987 年「解嚴」後，臺灣媒體迅猛發展，進入 21 世紀以後更使競爭激烈，據統計在 2001 年，臺灣共有 451 種報紙、7220 種雜誌、7816 家出版社、2606 家有聲出版企業，267 家通訊社，146 家廣播電臺、37 家有線電視臺、5 家無線電視臺。而臺灣島面積僅 3.6 萬平方公里，受眾僅 2300 萬之眾，媒體密度如此此之大，其競爭激烈程度也可想而知。

圖 2-11　《民生報》停刊號

　　從只有 31 家報紙到多達數百家報紙，競爭加劇的結果，就是報紙的利潤愈來愈微薄。其中最明顯的一種媒體現象，就是媒介分流導致報刊發行量下跌。例如《聯合報》在 1980 年代發行量突破百萬份，後來《自由時報》崛起後，發行量剩下 70 萬份，如今只能勉強維持在 40 萬份左右，其他報刊發行量也有不同程度的下滑。報刊的發行量下滑，主要是因讀者分流，即讀者流向多媒體，以至平面媒體閱讀率下降所致。而來自香港的《蘋果日報》雖然強勢衝擊了臺灣的報業市場，目前在臺灣發行量號稱第一，但其發行量也處下降趨勢，閱報率已由原先的 15.2%下滑至 13.5%。發行量銳減，閱報率下滑，加上因為臺灣經濟整體不景氣導致廣告市場縮水，使得許多報紙的經營都出現困難，《民生報》只是其中之一。

　　其次，從 1990 年代初開始，臺灣出現了外報搶灘的現象，更加速了臺灣島內媒體競爭的激烈程度。香港《壹週刊》在 2001 年進入臺灣，同屬壹傳媒

旗下《蘋果日報》則在 2003 年大舉登陸臺灣，由此打破島內媒體平衡。《壹週刊》與《蘋果日報》的辦報方式與臺灣本地媒體迥然不同，這兩家媒體市場化程度更強，以服務民眾為宗旨，強調的不是「提供讀者所需要的資訊」而是「讀者想要什麼，我們就提供什麼」。它們的辦報方式，常以社會新聞作頭條，輔以衝擊力很強的照片，直接抓住讀者的眼球，《蘋果日報》並開發出利用漫畫、3D 繪圖等方式還原現場的手段，直接挑戰臺灣傳統報刊。在內容上，入台的香港報紙專事揭露名人隱私，低俗獵奇，十分煽情，風格與傳統的三大報迥異。尤其是《蘋果日報》對政治議題報導更加詳細，且評論尖銳，更為吸引人。雖然進入臺灣至今才短短幾年，但該報發行量卻已占臺灣第一。外報登陸，給臺灣本土報紙以嚴重的挑戰，臺灣幾大報系的報紙不得不全力應對，甚至模仿《蘋果日報》的做法，強調社會新聞，突出對圖片和色彩的運用等，這更加劇了島內報刊的競爭強度。

　　偏偏《蘋果日報》主打的也是民生新聞，而且採用大篇幅、色彩豐富的報導方式，提供生活、美食、服裝、交通、住房、育樂等方面的便利資訊，相對於《民生報》中規中矩的報導風格，《蘋果日報》更貼近一般民眾所想要的資訊，而且具備極高的工具性；當民眾想知道哪裏有美食、該如何搭配衣服時，《蘋果日報》總能提供最令人滿意的答案。因此在《聯合報》、《中國時報》等綜合大報尚能勉力維持時，《民生報》卻受到《蘋果日報》的直接衝擊，發行量和廣告份額迅速下滑，最後成為港媒進軍臺灣的第一個犧牲品。

　　不管怎麼說，《民生報》的停刊有著廣泛的媒體發展背景。它的停刊，只是臺灣接二連三停刊報紙中的一家，但這家曾經的生活育樂類第一大報，最

終走向衰亡，卻折射了臺灣媒介時代的變遷，乃至於整個傳媒產業的興衰。

第五節　蘋果日報

　　《蘋果日報》（Apple Daily）為香港上市公司壹傳媒集團在臺灣地區發行的正體中文報紙，以香港《蘋果日報》為藍本，目前其負責人兼發行人為葉一堅，總經理為曾孟卓，社長為杜念中，總編輯是馬維敏，總主筆是卜大中，顧問是筆名司馬文武的江春男。

　　《蘋果日報》的報紙名稱是壹傳媒集團創辦人黎智英所想出來的，他認為：「若當初亞當和夏娃沒有咬下蘋果，世界上就不會有善惡，也沒有新聞的存在。」因此將報紙命名為《蘋果日報》。

　　2001年，《壹週刊》率先登陸臺灣，以八卦風格的報導、無孔不入的「狗仔隊」風格，加上誇張而豐富的圖像呈現，震撼了臺灣的雜誌市場乃至整個傳媒業。2003年壹傳媒的另一員大將《蘋果日報》宣佈將進入臺灣市場，臺灣報界為之震動。事實上早在《蘋果日報》正式發行前，採用的行銷手法就已十分聳人聽聞，當時邀請港星鍾麗緹，以近乎全裸的方式入境，僅以蘋果遮掩私密部位，輔以煽情的廣告詞「蘋果咬一口」，一系列極度吸引眼球的廣告占滿了臺灣的電視臺、戶外看板以及公車，可謂未演先轟動。

圖 2-12　　《蘋果日報》上市前的鐘麗緹煽情廣告

　　2003 年 5 月 2 日《蘋果日報》臺灣版創刊當天，其他報紙不約而同地主動降價以應對蘋果的衝擊，如《聯合報》和《中國時報》原本定價 15 元台幣，當天都降價為 10 元，但《蘋果日報》卻以更低的 5 元價格促銷，加上全彩印刷，分量又超越當時市面上其他臺灣報紙，因而快速搶下大量臺灣市場。

　　蘋果日報的最大特色是著重圖片以及視覺化之圖表，並採用一般報紙所無的全彩印刷（包括分類廣告在內），印紙量和週末版的《紐約時報》相若。由於《蘋果日報》由香港壹傳媒管理，故帶有非常濃厚的壹傳媒風格，也就是以圖片為主、文字為輔之報導方式，其文字記者均被要求隨身攜帶數位相機，圖片隨文字一起傳回報社，且更加重視圖片的作用。且《蘋果日報》常以大版面之圖或照片置於頭版，吸引讀者；另外，《蘋果日報》亦相當重視八

卦和緋聞類新聞，常以頭版或大篇幅報導之，此一特色常引起臺灣社會上對
該報紙的爭議。由於法令和社會風俗所限，無法像香港報紙那樣直接把暴力、
血腥的照片刊載於報紙上，臺灣《蘋果日報》在這方面別出心裁，利用立體
繪圖的方式來「還原現場」，在報紙上重塑謀殺、強姦、盜竊等案件的現場畫
面，既規避了法令的約束，又滿足了許多讀者八卦、獵奇的心理。

圖 2-13　《蘋果日報》的圖像化新聞

　　《蘋果日報》在敏感政治議題上都有詳細的報導以及尖銳的評論。例如
兩岸關係報導上，《蘋果日報》稱呼對岸時皆以「中國」稱呼，並未使用偏藍
的觀點之「大陸」或「中國大陸」，且報導對岸新聞時多會據實報導負面消息，
而不像國內其他親中報社故意選擇性報喜不報憂；另《蘋果日報》之社論與
國內要聞強調臺灣主體性，使得泛藍民眾質疑《蘋果日報》在兩岸立場上偏
重獨派。而泛綠則因為《蘋果日報》的港資背景，還是認為它屬於統派媒體。
　　目前於《蘋果日報》「論壇」版中，泛藍及泛綠人士均有為其撰寫政論文

章，例如趙少康的〈趙少康傳真〉專欄和林濁水的〈非典型論述〉專欄。另有陳文茜的〈我的陳文茜〉專欄、殷乃平等經濟學研究者輪流執筆的〈經濟人語〉專欄、柯翰默（Charles Krauthammer，《華盛頓郵報》專欄作家）的〈美國與世界〉專欄（內文經過翻譯）等。此外還有臺灣國家安全會議副秘書長卸任後轉任該報顧問的江春男（司馬文武）撰寫〈司馬觀點〉專欄，該報社長杜念中撰寫〈Google 地球〉專欄等。

　　一般的報紙多以政治、經濟、國際等議題作為頭版新聞，但是《蘋果日報》的頭版則以本地的八卦新聞、社會新聞為主，且往往以大篇幅、聳動的標題加上巨幅圖片來報導此類新聞。此特色使許多公眾人物對蘋果日報抱持反感態度，也使該報多次與被報導人進行法律訴訟。有民眾和學者認為，《蘋果日報》的內容有過多無關緊要的花邊、八卦新聞，不但與公眾利益不相符，也可能助長社會跟拍風氣，引進類似香港的惡質「狗仔文化」。然而，《蘋果日報》經常獨家揭露各種弊端，以及社會的不公平事件，因此也有人認為蘋果能勇於揭弊、不畏強權，並能破除偶像崇拜（尤其是對政治明星的崇拜）。而對於招致負面評價的八卦內容，也有人認為這樣的新聞正滿足社會大眾需求，反映時代風氣。雖然以腥羶新聞為噱頭，不過這些新聞通常都有經過記者跟當事人再次證實，與許多未經查證就出刊的八卦報刊頗為不同。

　　然而《蘋果日報》的成功卻並非完全基於八卦新聞，它對民生新聞的重視也是它迅速被臺灣民眾接受的主因。《蘋果日報》每天有大量的版面用於刊載衣、食、住、行、育、樂等相關實用資訊，舉凡購物資訊、折價資訊、美食博覽、穿衣搭配、出行竅門等，五花八門的資訊都可以在《蘋果日報》找

到。這正好切中了一般市民的需求，過去臺灣通勤上班、上學的族群，在火車、客車上多半閱讀《時報週刊》等雜誌，現在則幾乎人手一份《蘋果日報》。這也使得臺灣原有的生活類報紙《大成報》和《民生報》首先受到衝擊，於2006 年先後停刊。

圖 2-14　《蘋果日報》提供豐富的生活實用資訊

　　《蘋果日報》在發行方面也有獨到之處，臺灣一般報紙的訂戶：零售比例大致為 6：4，由於臺灣多數家庭都已經訂閱了報紙，《蘋果日報》這份新進報紙想打入訂閱市場殊為不易，因此它採用零售為主、訂閱為輔的方案。臺灣大多數的報紙都會推出訂閱優惠，長期訂購會比零售價格便宜；但《蘋果日報》是第一家訂閱費用比零售價格高的報紙，之前每份售價為新臺幣 10 元時，訂閱卻是每份 15 元，多出的 5 元是送報到府的費用。《蘋果日報》對

發行管道的掌控極為精準，能夠以電腦即時監控全臺灣各地零售點的派報和銷售情況，出現缺報或過剩的時候可以隨時調度。

此外，臺灣其他全國性報紙，在農曆新年期間大多會暫停出刊或派送報紙，或是以春節前就編撰好內容出刊。《蘋果日報》為臺灣首創全年 365 日皆出刊的報紙。

《蘋果日報》為臺灣首家接受中華民國發行公信會（ROC-ABC）稽核發行量的報社（其最大競爭對手《自由時報》亦於 2007 年加入）。過去臺灣各大報社的發行量都是自行宣佈，多少存在不實之處，幾十年來對於要不要成立類似美國發行公信會（ABC）類型的機構，始終反反覆覆，莫衷一是。而《蘋果日報》率先接受第三方機構調查發行量的做法，顯示出其強烈的自信心和企圖心。（目前《蘋果日報》已經退出 ABC 稽核，因此僅剩《自由時報》的發行量真正具備公信力）

由於 ROC-ABC 在稽核發行量時不列計免費報（即免費供不特定人士自由取閱的報紙），所以臺灣各大報紙之中過去僅有《蘋果日報》在其報頭強調「本報為中華民國發行公信會唯一報紙稽核會員」（已在《自由時報》接受稽核發行量之後去除「唯一」二字），暗諷臺灣其他報社只敢宣稱其閱報率、發行量有多高，卻不敢接受 ROC-ABC 的稽核發行量。《蘋果日報》、《壹週刊》發行部商務總監陳貴明曾指出：「臺灣報紙雜誌的灌水發行量，大部份來自贈閱的公關行為；但贈閱的讀者不會深入閱讀，廣告效益自然差。」《蘋果日報》在便利商店的銷售量非常高，基本遠超另外三大報；但另一方面，《自由時報》、《聯合報》、《中國時報》三報訂閱市場比《蘋果日報》大很多。因此，

臺灣報紙的佔有率統計資料是：《蘋果日報》第一，《自由時報》稍稍落後，而《聯合報》、《中國時報》在第三、四名間競爭。

2008 年 10 月，臺灣世新大學新聞傳播學院進行的「媒體風雲排行榜」結果顯示，民眾最常閱讀的報紙是《蘋果日報》，其中《蘋果日報》在報導最詳細、內容豐富多樣、最優質等面向皆居領先地位；另外在對個人影響力最大的報紙調查中，《蘋果日報》以 18.5%居首位；對社會影響力最大的報紙也是蘋果日報。而臺灣銘傳大學 2009 年針對大學生所做的調查，也顯示《蘋果日報》是學生族群的最愛。

臺灣最大門戶網站——Yahoo!奇摩從 2006 年開始進行「理想新聞媒體大調查」，結果《蘋果日報》連續五年蟬聯「最理想報紙」寶座。在 2010 年的最近一次調查中，《蘋果日報》得票率達 35%。並且以 18.4%的每日閱讀率高居所有報紙之首，其後依序是《自由時報》、《聯合報》和《中國時報》。另外《蘋果日報》也獲得「最佳娛樂新聞」、「最佳體育新聞」兩項殊榮。

第六節　自立晚報

《自立晚報》是臺灣光復後成立的第一份晚報，在臺灣新聞界具有相當的歷史地位，也曾經是很有影響力的一份報紙。

《自立晚報》創刊於 1947 年 10 月 10 日，創辦人是顧培根，浙江溫州人。1946 年，顧培根在臺灣基隆創辦《自強日報》，自任總編輯，但二二八事件後，該報因「持論荒謬」這一理由遭到查封。顧培根隨即到臺北創立《自立

晚報》，取其「自立自強，自力更生」之意。顧培根仍自任總編輯，且實際主持社務，發行人爲周莊伯，總經理爲徐立。當時編輯部只有四個人，經理部二人。

由於戰後百廢待舉，且當時尙無閱讀晚報的習慣，故《自立晚報》經營舉步維艱。限於財力，當時每天僅出刊四開一張；由於人手不足，該報新聞版面多爲通訊社提供的電訊以及臺灣各政府機關供稿，爲了克服稿源不足的問題，《自立晚報》還在頭版上以「編輯部啓事」方式徵求各界投稿，與今天的「報料」新聞有相似之處，也是當時臺灣新聞界的一項創舉。

到了 1949 年，由於經營成本節節攀升，顧培根個人積蓄幾乎耗盡，只能尋求改組。同年鄭邦昆、婁子匡以高價買下該報發行權接辦；1950 年，該報擴張爲對開一大張。此後《自立晚報》多次轉手，五次搬遷，甚至因政治因素被迫停刊三次，1950 年 11 月 17 日，《自立晚報》副刊〈萬家燈火〉刊載香港報紙剪稿〈草山一衰翁〉，遭政府指涉對時任總統蔣中正有不敬之意而遭停刊，並被處以「永不復刊」的處分。1951 年 9 月 21 日，在李玉階的努力下，正式復刊。[50]

1959 年 6 月，《自立晚報》邀臺灣「台南幫」領袖吳三連任發行人、葉明勳爲社長，資金由台南幫所支持，才有了後來得長期發展。吳三連提出「無黨無派、獨立經營」的辦報方針，以黨外形式發展出不同於當時報業環境的報導風格。該報在 1953 年 2 月和 10 月間，又分別被處以停刊處分。但是《自立晚報》卻一本立場，在反對《出版法》修正、彭明敏〈臺灣自救運動宣言〉

---

[50]王天濱，《臺灣新聞傳播史》，臺北：亞太圖書，2002。

事件、「中壢事件」、「高雄事件」、「中正國際機場事件」等事件上都進有詳實報導。1993 年 6 月，臺灣行政院國家科學委員會專題研究報告指出，《自立晚報》是國內最受讀者信賴的晚報。

　　《自立晚報》是臺灣除《自由時報》外的另一本土派報紙代表，政治立場偏綠，一向自詡為見證臺灣民主發展歷程的本土報紙，也曾被稱為「黨外報刊」。《自立晚報》培養出了許多臺灣知名的媒體工作者，包括前行政院新聞局長蘇正平、臺灣電視公司總經理胡元輝、《臺灣日報》發行人顏文閂、公共電視公司總經理李永得、《中時晚報》社長陳國祥、中天電視臺總編輯吳戈卿、中華電視公司總經理徐璐等人，其中大多傾向黨外與支持民進黨。

圖 2-15　《自立晚報》

　　《自立晚報》也是報導大陸新聞的先行者。1987 年 9 月 11 日，《自立晚報》突破現狀派遣記者李永得、徐璐，以探親名義至中國大陸採訪，成爲近四十年來首次赴大陸採訪的臺灣記者，震撼了整個臺灣新聞界。同日，《自立晚報》以頭版頭條、五分之三版面的巨大篇幅報導此一壯舉，強調：「他們是民國 38 年（即 1949 年）政府遷台以來，第一批從中華民國臺灣省進入大陸採訪的新聞記者。他們跨出的一小步，將是帶動歷史向前進的一大步。」這項創舉還受到日本、香港等地的媒體爭相報導。[51]

　　值得一提的是，該新聞見報後，臺灣內政部宣稱《自立晚報》的行爲違反規定，將依「動員戡亂時期國家安全法施行細則」加以處置。9 月 27 日，李永得和徐璐返回臺灣，隨即臺灣新聞局宣佈將以僞造文書罪把《自立晚報》社長吳豐山及李、徐兩人移送法辦。

　　但當時兩岸和平交流的趨勢已不可阻擋，到了同年 10 月，臺灣政府宣佈開放民間赴大陸探親。1988 年 3 月，臺北地方法院宣判吳豐山、李永得、徐璐三人無罪。受到《自立晚報》的鼓舞，就在政府宣佈開放民間赴大陸探親的同一天，二十位臺灣各報社的記者聯名向臺灣立法院請願，請求廢除「大眾傳播事業派遣從業人員出國審核辦法」，此後更陸續有多位記者以探親名義前往大陸。可以說，是《自立晚報》的創舉激發了臺灣其他媒介前往大陸採訪的行動，同時也間接促成了兩岸之間新聞交流的重新開啓，《自立晚報》兩位記者的勇敢行動可說具有劃時代的意義。

　　1988 年 1 月，報禁開放後，《自立晚報》的關係報《自立早報》創刊，

---

[51] 《自立晚報》報史編纂小組，《自立晚報四十年》，1989。

同樣秉持公正、客觀的立場，發行人為吳樹民，社長吳豐山，每天出報五大張，發行量在 1990 年代突破 30 萬份，發行地區以大臺北地區為主。

　　然而報禁開放後的媒體市場競爭格外激烈，而吳三連 1988 年過世後，《自立晚報》隨即遭遇財務危機，此後多次轉手。1990 年，統一集團負責人高清愿入主《自立晚報》；1992 年，「全國飯店」董事長、也是該報發行人的吳豐山兄長吳和田出資 2 億多元新臺幣取得《自立晚報》經營權；1994 年，「三重幫」宏福建設集團董事長陳政忠與其兄長陳宏昌又以 10 億元新臺幣取得《自立晚報》的經營權。

　　然而到了 2000 年，臺灣 921 大地震導致房地產價格暴跌，許多建設公司陷入財務危機，宏福建設集團因缺乏現金，被迫將《自立晚報》出售給張慶中夫婦。雖幾經轉手，但《自立晚報》仍不斷發生財務危機。民進黨執政後，民進黨籍臺北市議員王世堅以不到 5 億元新臺幣收購《自立晚報》，並出任董事長。隨後，王世堅又將經營權轉讓給張福泰等人，但終因經營困難，《自立晚報》於 2001 年 10 月被迫停刊。

　　隨後《自立晚報》員工八十餘人決定繼續出報以維持《自立晚報》命脈，並推選謝志鵬為社長，組成「自立多媒體股份有限公司」（玉騏文化事業有限公司）。為能生存與發展，《自立晚報》不得不向民進黨高層求援，於是綠色企業與人士如誠泰銀行董事長林誠一、臺灣機械運輸公司董事長彭榮次、義美食品公司總經理高志明以及奇美、國泰等企業紛紛支持。《自立晚報》負責人對此支持並不避諱。至今《自立晚報》仍繼續發行，但早已不復當年榮景。

圖 2-16　停刊後在員工自救下復刊的《自立晚報》

第七節　中央日報

　　《中央日報》為中國國民黨所創辦的中文報紙，屬於中國國民黨的黨營媒體，後遷至臺灣，也是臺灣光復早期的主流報紙之一。由何浩若於 1928 年 2 月創刊於上海，彭學沛為首任總編輯。1949 年，遷至臺灣。2006 年《中央日報》實體報停刊，改為網路報形式繼續發行。實體報總計發行了 28356 期，除香港《大公報》、馬來西亞《光華日報》等少數報紙外，《中央日報》可說是持續發行時間最長的中文報紙。

《中央日報》創辦初期的情況異常複雜。1927 年 3 月 22 日，武漢國民政府在漢口創辦《中央日報》，社長由國民黨中央宣傳部部長顧孟余兼任，總編輯爲陳啓修。陳啓修爲中國共產黨黨員，所以有一批共產黨員和左翼人士參加編輯，如沈雁冰、孫伏園等。武漢《中央日報》到 1927 年 9 月 15 日停刊，共出版 176 號。但臺灣新聞史學界在闡述《中央日報》歷史時，一般並不計入此段時期的《中央日報》。

1927 年 4 月，南京國民政府成立時，就有設立機關報的籌議。正逢當時上海《商報》停刊，國民黨接收了其設備，並利用這些設備，於 1928 年 2 月 1 日在上海創辦了《中央日報》，由孫科任董事長，國民黨中央宣傳部部長丁惟汾任社長，國民黨東路軍前敵總指揮部政治部主任潘宜之兼任總經理，彭學沛任總編輯。編輯委員會由各方代表人物組成，如胡漢民、邵子力、羅家倫、傅斯年、邵元沖、唐有壬、馬寅初、王雲五、潘公展、鄭伯奇等。2 月 10 日，《中央日報》發刊詞中公開表示：「本報爲代表本黨之言論機關報，一切言論，自以本黨之主義政策爲依據。」

《中央日報》於 1929 年 2 月 1 日遷址南京，遷址後由國民黨中央宣傳部黨報委員會領導，中宣部部長葉楚傖兼任該委員會主席，下設經理部、編輯部。總編輯爲嚴慎予，後由魯蕩平、賴璉相繼接任。南京《中央日報》特別強調以「擁護中央，消除反側。鞏固黨基，維護國本」爲職責。

「九一八事件」之後，面對新局勢，國民黨在第四次全國代表大會舉行前夕，特地召開中央執行委員會臨時會議，通過關於《改進宣傳方略案》和《改進中央黨部組織案》的決議，對改進和加強新聞宣傳提出了很多意見。

由此，《中央日報》率先改組。1932 年 3 月，《中央日報》改為社長制，37 歲的程滄波為首任社長，言論報導上直接對國民黨中央負責，行政上獨立。內部管理實行社長領導下的總編、總經理負責制。同年先後增出《中央夜報》、《中央時事週報》。對日抗戰爆發後，《中央日報》先遷至長沙，後到重慶，與 1938 年 9 月在重慶復刊，此後又曾增設長沙版、昆明版、成都版、西康版、貴陽版、屯溪版、桂林版、福建版等。

　　1949 年，國民黨政府撤退到臺灣，《中央日報》也跟著遷台，雖然身為黨報的《中央日報》享有一定的資源優勢，但甫抵台後百廢待舉，整體條件仍然十分艱苦。1949 年 10 月 20 日，《中央日報》位於臺北市中正西路的辦公室遭到火災，社長室、編輯部、銅模房、照相製版房等全部付之一炬，特別是從大陸攜帶至臺灣的歷年各報合訂本、圖書、照片等全部化為灰燼，損失達 42 萬 5000 元台幣，是當年度盈餘的二倍以上。這對處境本就十分艱難的《中央日報》來說，無疑雪上加霜。[52]

　　然而《中央日報》卻並未從此衰落，反而在所有員工的共同奮鬥，以及來自政府和民間的撥款、援助之下，很快重新煥發活力。1950 年，新印刷廠落成，從大陸運來的高速新式印報機啓用，《中央日報》出報能力更上一層樓。

　　由大陸遷台的《中央日報》幾乎雲集了當時最優秀的新聞人才，社長為著名報人馬星野（曾任國民黨中央政治學校新聞系首任系主任），採訪主任王洪鈞（後任臺灣政治大學新聞系主任），副主任龔選舞，總主筆陶希聖（曾任北京大學教授，後歷任臺灣總統府國策顧問、國民黨中央宣傳部副部長等），

---

[52] 葉明勳，《光復以來的臺灣報業》，臺北：《中央日報》出版，1957。

採訪和編輯人員也多是原在上海《新聞報》等報紙從業多年的精英。後任政治大學新聞系教授的徐佳士當年也在《中央日報》採訪組和編譯組工作過，對《中央日報》用人唯才的做法十分激賞，稱該報是「不頒文憑的學府」。[53]

　　相對充裕的資源以及優良的人才團隊，使得《中央日報》在臺灣光復初期成為最具實力的報紙，它的很多做法都被後來的其他報紙所仿效。可以說，雖然後來《聯合報》等民營報紙成為臺灣報業的主流，但整個臺灣報業市場的運作模式和市場慣例，卻是《中央日報》所定下的。具體而言，《中央日報》對臺灣報業的影響有如下幾點：[54]

1. 提早出報時間：在《中央日報》於臺灣復刊之前，《臺灣新生報》是唯一的大報，此時的日報出報時間多半在早上 9 點以後，對許多讀者造成不便。《中央日報》則把出報時間提前到早上 5、6 點，因此頗受好評，發行量與日俱增；《臺灣新生報》和其他報紙為了維持競爭力，也逐漸跟進，出報時間不斷推前。所以，臺灣讀者能有名副其實的「早報」可看，必須歸功於《中央日報》的復刊。

2. 副刊、專刊受到重視：《中央日報》在大陸時期，即十分重視副刊。遷台後為適應環境需要，重新設計了副刊的內容和版面，除每天固定的「副刊」版之外，還另外設立了三種週刊：「兒童」週刊、「地圖」週刊、「國際」週刊；以及四種專刊：「婦女與家庭」專刊、「經濟」專刊、「青年」專刊以及「圖畫」專刊，每週七天輪流刊登。「婦女與家庭」後改為「家庭」專刊，隨後又增加「報學」週刊。《中央日報》對副刊的重視，帶動了其

---

[53] 徐佳士，〈不頒文憑的學府〉，《六十年來的中央日報》，臺北：《中央日報》出版，1988。
[54] 葉明勳，《光復以來的臺灣報業》，臺北：《中央日報》出版，1957。

他報紙起而效仿，到 1950 年代，許多報紙都設有與兒童、婦女或家庭有關的副刊，這都是由於《中央日報》的影響。在報禁開放以前，《中央日報》的「中央副刊」與《中國時報》的「人間副刊」和《聯合報》的「聯合副刊」同為臺灣主要的文學創作平臺，成就了無數的作家。由於《中央日報》有發行航空海外版，因此也成為海外留學生發表中文作品的管道。

3. 創新版面形式：《中央日報》從主管、經理人員、採編人員到印務工人全部來自大陸，帶來了當時遠較臺灣先進的報紙內容和編排方式，對臺灣報業產生了立竿見影的影響。例如早期的臺灣報紙，第一頁全部是廣告，沒有任何新聞；而《中央日報》在臺灣復刊後重新設計版面形式，第一版與第四版以一半或過半篇幅刊登新聞，剩下的版面才刊登廣告。這種版面形態很快影響了其他報紙，僅僅一年半後就成為最普遍的報紙版面形態。

4. 創新廣告形式：《中央日報》在台發行後，推出了每行 11 個字的小廣告，廣告所占空間小、資訊緊湊，對大大方便了讀者的閱讀，每日刊登廣告的客戶達 300 家以上。這種廣告隨即成為當時最流行的報紙廣告方式，也是後來分類廣告的雛形。

5. 強化印刷設備：《中央日報》從大陸運去購自美國的新式輪轉印刷機，每小時可印報 12 萬份，遠遠超過了當時臺灣其他報紙。為了競爭，《臺灣新生報》隨即向日本訂購了 7 套同樣每小時 12 萬份印量的高速印刷機；《聯合報》則通過委託製造方式，在 1960 年啓用台中宜昌公司出品的德國式高速輪轉印報機。此後，其他報紙也都逐步跟進採購最新的機器，使得臺灣新聞事業印刷設備的技術含量大大提高。

6. 擴展發行範圍：臺灣報紙本來大多抱持據守本島的想法，發行範圍很少超出臺灣島之外，顯得較爲保守。《中央日報》則在 1950 年發行香港航空版，帶動了其他報紙發行海外版的觀念，《臺灣新生報》、《聯合報》等隨之仿效，使得臺灣的報紙得以走出去，面向海外市場發行。

7. 提升運報技巧：早期位於臺北的報社，報紙印好後多半通過汽車、火車運往中南部地區，所需時間較長，對中南部業務的推廣造成障礙。《中央日報》則在 1955 年實施專機運報，以飛機將報紙運往嘉義以南的地區，發行速度顯著加快；其他各報也紛紛跟進，大大造福了臺灣南部的讀者。

8. 推出地方版：1954 年阮毅成接任《中央日報》社長後，鑒於農村地區讀者逐漸增加，爲了提升都市以外地區的發行量，勢必要加強地方性新聞的報導，特別是東部地區；因此將《中央日報》第五版原先整版的電影廣告抽去，換成地方新聞，分爲南、北二版，以因應不同地區讀者的需求，這是臺北報紙發行地方分版的起源。1956 年又增加中部分版，對地方讀者帶來很大的便利。

9. 出版叢書：當時《中央日報》薈萃了眾多新聞精英，其副刊又是臺灣文人發表作品的主要平臺，許多文章無論是文藝小說、科學新知、醫藥衛生等方面，都有很高的水準。但畢竟報紙上的文章具有時效性，一般讀者不易保存，因此社長馬星野決定把報紙上發表過的有價值文章加以收集、彙編成書，方便讀者閱讀和收藏，叢書的總目就叫做「我們的書」。1951 年出版第一批，包含《我們的身體》、《我們的家庭》、《我們的兒童》、《我們的國家》等，出版後大受歡迎，也爲《中央日報》創造了額外的收益。此後

　　該報每年發行叢書，最多時一年出版 200 多本，其他報紙也紛紛仿效，蔚為風潮。

　　1959 年，《聯合報》發行量超過《中央日報》，宣告了公營報紙獨大的時代已經終結。然而直到報禁解除之前，《中央日報》作為公營報紙的代表，在臺灣仍有一定的影響力和知名度，由於所有政府機關、學校均必須訂閱《中央日報》，故發行量也相當可觀。1984 年 10 月 8 日，《中央日報》在臺北市八德路二段 256 號舉行總社新廈「中央日報大樓」落成，共有地上 11 層樓與地下 3 層樓，基地一千七百餘坪，總樓地板面積八千餘坪。1988 年 11 月 1 日，《中央日報》成為臺灣第一家啟用全頁電腦組版系統的報紙（《聯合報》和《民眾日報》雖然更早進行編排電腦化，但只停留在文字輸入、單篇稿件輸出階段，組版仍然靠手工完成；而《中央日報》是第一家從頭到尾用電腦完成整個組版工作的），到 1991 年，該報的週刊、書籍也全部採用電腦排版。

圖 2-17　原《中央日報》大樓

　　不過到了報禁解除後，報業市場一夕間百家爭鳴，競爭激烈。《中央日報》也進行了民營化，以國民黨爲最大股東，實際編輯團隊亦以國民黨幹部爲主。與同業一樣，《中央日報》每日出刊的總張數也由三大張增加爲六大張。但《中央日報》因傳統官營色彩十分濃厚，編輯版面較爲保守，不及其他報紙靈活生動，導致發行量每況愈下。到了 1990 年代網路媒體開始盛行時，讀者閱讀習慣出現改變，實體報紙發行量普遍下滑，各報均進入衰退期，《中央日報》亦無法倖免。

　　而過去《中央日報》穩定發行量來源的政府部門和學校，也開始出現變化。1996 年 6 月底，時任臺北市長的陳水扁在市政會議中指示，禁止臺北市政府所屬機關學校在《中央日報》刊登廣告，亦取消統一訂閱《中央日報》的做法，理由是不滿意《中央日報》報導臺北市政的方式，以及對《中央日報》強迫學校訂約的做法不滿。2000 年之後，由於政治新聞過多、內容缺乏變化且與民眾需求脫節，《中央日報》除傳統國民黨員及各大圖書館外，一般民眾甚少閱讀，訂閱量更微乎其微，零售據點也大量減少。《中央日報》開始出現赤字，累計虧損達新臺幣 8 億餘元。

　　隨後在「黨政軍退出媒體」的輿論浪潮下，特定政黨持股過重或由政治人物經營的媒體，如《中央日報》、《自由時報》、中國電視公司、民間全民電視公司等，均飽受抨擊。2002 年 4 月，國民黨主席連戰指示推動《中央日報》人事精簡案，《中央日報》編制由 326 人調整爲 90 人；到馬英九接任國民黨主席後，更積極尋求買家接手《中央日報》。2005 年國民黨有意出售兩大黨報《中央日報》及《中華日報》時，因《中央日報》的負債大於資產，無人

有意承接；此時又提出《中央日報》「轉贈連戰」一案（當時連戰已經轉任國民黨榮譽主席），但始終懸而未決。同時有媒體報導，國民黨大老陳立夫的家屬有意接手《中央日報》，但由於國民黨中央對《中央日報》的態度曖昧不明，導致最後該案無疾而終。

　　由於始終找不到買家，2006 年 5 月 24 日，國民黨中央執行委員會常務委員會（中常會）通過《中央日報社股份有限公司股權處分案》，停止提供《中央日報》每年新臺幣 9000 萬元的補助經費，避免實體報紙的出刊繼續造成《中央日報》財政負擔。

圖 2-18　《中央日報》停刊

2006 年 6 月 1 日，《中央日報》宣佈停刊。由於《中央日報》停刊的消息相當突然，並未依《勞動基準法》向員工預告停業，所有員工突然一起失業，曾引起《中央日報》產業工會激烈反彈及抗爭。2006 年 9 月，《中央日報》以網路報的形式復刊，不再發行實體報紙。這家臺灣光復初期的第一大報、在臺灣報業史上擁有無可替代影響力的公營報紙，終於走入了歷史。

第八節　國語日報

《國語日報》是臺灣一份以推行國語、普及教育爲宗旨的專業性報紙，也是目前全球唯一全文標注注音符號的中文報紙，報頭題字者爲胡適。《國語日報》是具有公益性質的財團法人，不以營利爲目的，現任董事長爲黃啓方，社長爲孫慶國。

《國語日報》的前身是教育部於 1947 年 1 月 5 日在北平所創辦的《國語小報》，主要籌辦人是魏建功（後留在大陸，曾任北京大學副校長）和王壽康。

1945 年臺灣光復後，由於長期接受日本殖民統治，大多數臺灣人對於中國語文幾乎忘得一乾二淨。爲了推廣中國文化，並逐步消除日本的影響，所以臺灣省行政長官公署成立時，即設立「臺灣省國語推行委員會」，聘請國語專家何容、齊鐵恨等人主持，利用注音符號（1913 年由中國讀音統一會制定，1918 年由北洋政府教育部發佈的漢字拼音符號，至今仍是臺灣小學生學習拼音的主要工具）來推行國語，績效十分顯著。

1948 年 3 月，當時的教育部長朱家驊赴臺灣視察，對於臺灣的國語教育

成就表示滿意，並決定把北平發行的《國語小報》遷至臺灣發行，並改為日刊以強化教育和宣傳效果，此即《國語日報》創刊的由來。同年，正在臺灣進行推行國語實驗的魏建功請王壽康將《國語小報》搬到臺灣，1948 年 10 月，《國語日報》在臺灣創刊。

　　當時教育在準備開辦《國語日報》時，承諾將提供 76 億 100 萬國幣的開辦資金保障，並以《國語小報》的員工名額作為《國語日報》的編制。然而後來大陸局勢緊張，交通中斷，教育部忙於應變，無暇顧及《國語日報》的前途，只發了金元券 1 萬元。教育部次長田培林告訴負責主持《國語日報》的何容：「你們必須做自給自足的打算，千萬不要仰賴教育部給錢。」而北平《國語小報》此時也不肯把所有器材運往臺灣，只提供了一台破舊的四開印刷機，由王壽康帶到臺灣。而教育部給的 1 萬元金元券又恰逢貨幣貶值，買到一間廠房後便所剩無幾。

　　結果，《國語日報》員工只好向「臺灣省國語推行委員會」求助，從教育部借到一副殘缺不全的五號注音國字銅模，和北平搬來的那台舊印刷機拼湊起來，勉強打成出版的要求。籌備時間長達三個月，於 1948 年 10 月 25 日（臺灣「光復節」）發行創刊號後，因為器材和資金不足，直到 11 月 13 日才出版第二期。以後《國語日報》出出停停，勉力支撐著。後來因為經費毫無著落，又打不開銷路，《國語日報》只好賣掉廠房，遣散大部分人員，最後直接依託於「臺灣省國語推行委員會」，成為該會推行國語的刊物。

圖 2-19　《國語日報》最早設於臺北市植物園內的社址

　　1949 年，正在《國語日報》陷入經營困境之時，國語運動元老吳稚暉正好來台，在他的牽頭下，會同教育部國語推行委員會在台委員陳頌平、汪怡、胡適、傅斯年、何容等人，聯名邀請熱心國語運動的臺灣籍人士黃純青、杜聰明、游彌堅、李萬居，連同臺灣省國語推行委員會的委員，對《國語日報》進行改組，通過了《國語日報社董事會組織章程》，1949 年 3 月成立董事會，傅斯年任董事長，洪炎秋爲社長，吳稚暉擔任名譽董事長。

　　在眾多社會賢達人士的支持下，《國語日報》的經營終於逐漸好轉。初期每天下午出報，1965 年元旦起每天出報由四開一張增爲兩張，改爲早上發行。1980 年，彩色版問世，1988 年報禁開放，《國語日報》每天出報增爲四張。另外 1962 年《國語日報》在臺北市福州街自建的六層大樓，也是中國報業史上第一棟專爲辦報而建的大樓。

圖 2-20 位於臺北市福州街的《國語日報》大樓

　　1960 年 2 月，改組爲「財團法人國語日報社」，確認了公益服務的屬性，經營所得全部作爲擴充本身事業、推廣國語教育、服務讀者和社會之用。

　　國語日報是公益性質的財團法人，但其行政組織結構則與普通報社大致相似，在董事長、發行人、社長之下，設有總編輯、總經理，分別負責採編和發行、廣告業務。另外設有出版中心，編印兒童讀物；還有國語服務部、語文中心，協助臺灣政府推行國語文教育。1985 年成立文化中心，推動社會教育活動。目前《國語日報》約有專任員工 300 人。

圖 2-21　1980 年起發行的《國語日報》彩色版

　　目前《國語日報》每天發行四開四張，共十六個版面。內容有焦點新聞、文教新聞、生活、青春、少年文藝、漫畫、科學教室、語文教室、教育、地方新聞、兒童新聞等。相較於一般報紙，《國語日報》以教育和推廣國語文為目的，因此內容方面有如下特色：

1. 文字簡潔，完全口語，做到「怎麼說，就怎麼寫」。即使是電訊稿，也是這樣改寫精編。 而且所有文字均標注有注音符號，以方便兒童閱讀。

2. 在新聞處理方面，以「教育意義重於新聞價值」做準則，凡是違反教育原則的新聞，不管如何轟動社會，也都一字不提。對文教新聞的報導，有獨到的地方。

3. 副刊的編輯，大都適應學習國語和輔導教學要求，深入淺出。其中尤其以

「古今文選」、「書和人」雙週刊，供應中學和大專程度的學生以及一般人士有關國語國文教材，增加自修的便利和教學的效率，成為目前臺灣大中學校最普遍採用的國語文教材。

《國語日報》長期堅持教育意義重於新聞價值、不懈地以國語文素養的提升為己任，使它的影響力與日俱增，其讀者原以中、小學生為主，後來逐漸從學校推行到家庭和社會各階層。發行的區域也日趨廣泛，海外僑校也有一部分讀者。若干外國著名大學，如美國哈佛大學、日本東京大學，也都採用《國語日報》作為研究資料。1960 年、1970 年、1987 年、1988 年、1990 年，《國語日報》多次被教育部和臺北市教育局表揚為「推行社會教育有功人士」。新加坡前總理李光耀也對臺灣《國語日報》推崇備至，1991 年 2 月推動創辦華文《星期五週報》，就是受到《國語日報》啟迪的結果。

《國語日報》在臺灣報業史上是一個突出的例子，它完全以教育為目的，臺灣多數小學都有訂閱《國語日報》給學生閱讀；在臺灣長大的人，幾乎都曾受到《國語日報》以及它所出版的兒童叢書影響，在臺灣的兒童語文、科學、藝術等知識的推廣方面，《國語日報》起到非常大的作用。雖然它並不是大眾化報紙，發行量和收益遠不能和《蘋果日報》、《自由時報》等大報相比，但在談論臺灣新聞事業時，《國語日報》絕對是不可忽略的一份報紙。

第九節　青年日報

　　《青年日報》（Youth Daily News）為在臺灣發行的軍事專業中文報紙。其前身為只在軍事單位發行的小型報《青年戰士報》，於 1957 年開放社會大眾訂閱，於 1984 年改為現名《青年日報》，開放報禁後擴版為四大張報紙。由於《青年日報》為具有軍方背景的報紙，除報導一般性新聞之外，並負有向中華民國國軍部隊官兵宣教的任務。現任社長為臺灣政治作戰學校畢業的朱泰榮。

　　在激烈的市場競爭下，2007 年，《青年日報》由綜合性報紙轉型為專注於國防及軍事領域的專業報紙，提供社會大眾與軍隊各類國防資訊。目前在臺灣地區，該報被譽為是極具權威性的軍事專業類報紙，在黨政軍推出媒介的風潮後，它也是目前臺灣唯一官營的報紙。

　　1952 年，臺灣國防部總政治部（1963 年 8 月改名為「總政治作戰部」，2002 年 3 月 1 日改名為「總政治作戰局」）為了加強軍隊官兵的精神思想、鼓舞軍心與提振士氣，經半年的準備與籌畫，於該年 10 月 10 日創辦《青年戰士報》；當時《青年戰士報》篇幅僅為四開一張的小型報紙。1955 年 7 月 7 日，《青年戰士報》印刷廠落成。

　　1957 年 1 月 1 日，《青年戰士報》首次擴版為對開一張的大型報紙，並且開始對社會大眾正式發刊。1958 年 3 月 11 日，再度擴版為一大張半，同時也開設地方分社。1967 年 1 月 1 日第三度擴版，將一大張半擴版為兩大張。1971 年 10 月 10 日，《青年戰士報》創刊 19 周年及新廈落成，總社由臺北市

重慶南路遷入臺北市信義路一段「國防部文化營區」大樓（簡稱「文化大樓」），並啓用新購的美國高斯彩色印刷機。1973 年 1 月起，《青年戰士報》除每日發行報紙兩大張外，並於每週六隨報附送「星期雜誌」。1975 年 2 月 16 日，《青年戰士報》第五度擴版，擴版爲三大張。

　　1984 年 10 月 10 日，《青年戰士報》改名爲《青年日報》，並且擴大服務至社會及學校的青年。1988 年 1 月 1 日，報禁解除，《青年日報》再次擴版爲四大張。1997 年 7 月 1 日，青年日報社納編行政院新聞局下屬單位「新中國出版社」，成爲具有同時發行報紙及出版書籍刊物能力的軍方文宣單位。1998 年 7 月，配合臺灣軍方的「精實案」（軍隊人力精簡方案），新中國出版社被青年日報社合並且改制爲青年日報社出版部，繼續發行《吾愛吾家》、《奮鬥》、《勝利之光》等期刊。2001 年 1 月 1 日，配合政府推動國防施政公開化及透明化，《青年日報》開闢軍事專刊。2003 年 3 月，青年日報社旗下新聞網站《軍事新聞網》開站，提供《青年日報》新聞供讀者流覽。2007 年，《青年日報》爲配合軍方的軍隊國家化及行政中立的立場，將內容大幅改版，原本是各類新聞相容並蓄的綜合報紙型態，全面轉型爲「國防軍事專業報」，轉爲專注國家安全及軍事專業領域相關報導，以提供部隊官兵、社會大眾各類國防資訊，並全力推展「全民國防」宣教工作。

　　青年日報的風格主要報導軍事、青年、藝文教育等方面，新聞以嚴守中立爲特色，並配合臺灣政府政令相關宣傳及國防施政文宣，對於正面性與的光明面方面的新聞會大篇幅報導，並以「媒體的清流、軍民的橋樑、青年的朋友」自詡。但也有評論認爲其「報喜不報憂」的風格有損其公信力。

第十節　臺灣新生報

　　《臺灣新生報》，簡稱《新生報》，是在臺灣發行的一份全國性報紙，其前身是臺灣日治時期由臺灣總督府控制的《臺灣新報》。

　　日據時代末期，日本殖民政府將六家報社合併爲《臺灣新報》一家以方便控制。臺灣光復後，《臺灣新報》由臺灣籍人員接收並繼續發行。1945 年 10 月 10 日，《臺灣新報》恢復中文欄。戰後，1945 年 10 月 25 日，國民黨政府來臺灣舉行受降大典，《臺灣新報》被臺灣省行政長官公署派遣李萬居接收，改制並更名爲《臺灣新生報》，隨即發行；報名採用于右任親筆題字，隸屬臺灣省行政長官公署宣傳委員會，《臺灣新生報》因此成爲光復後臺灣第一家官營的報紙。臺灣省行政長官公署宣傳委員會指派李萬居爲社長兼發行人，副社長黎烈文，總經理阮朝日，印刷廠長林界，主編周自如，日文版總編輯吳金煉，編輯主任王白淵。其中阮朝日、吳金煉等人均爲日據時代《臺灣新民報》、《興南新聞》、《臺灣新報》等報紙的重要幹部。

　　《臺灣新生報》創刊時，每日出刊一大張，其中四分之三版面刊登中文，四分之一版面保留日文欄，另外還隨報附贈日文版的《軍民導報》，頗獲好評；直到 1946 年 10 月 25 日臺灣光復周年，才取消日文版。《臺灣新生報》日發行量 18 萬份，而當時臺灣總人口不過 600 萬，該報可說是當時的第一大報。爲了與當時台南創刊的《中華日報》爭奪南部市場，《臺灣新生報》從 1946 年 8 月起增印中南部版，提早編輯印刷，趕夜車送往南部。後於 1949 年 6 月在高雄另創《臺灣新生報》南部版，以更好地滿足臺灣南部讀者。該報還建

立了自己的電臺，直接接收國內外各地的電訊，新聞及時性得以加強。此外《臺灣新生報》還利用附設的印刷廠發展副業，承印各機關團體的公文、書籍和刊物，另外也出版自己編印的叢書。

　　然而，雖然《臺灣新生報》在光復初期具備比其他報紙優良的條件，但隨著戰後新興報紙不斷出現，市場逐漸遭到瓜分。另外《臺灣新生報》原有不少日籍讀者，在他們被遣送回日本後，發行量也因此受挫。

圖 2-22　　《臺灣新生報》

　　1947 年二二八事件發生時，《臺灣新生報》總經理阮朝日和日文版總編輯吳金煉被臺灣省行政長官公署派人強行押走，再無音訊。同年 4 月，臺灣省政府成立並取代臺灣省行政長官公署以後，《臺灣新生報》隸屬於臺灣省政府新聞處。臺灣省政府為了宣揚政令，特別編列經費，免費提供《臺灣新生

報》給村長、里長、鄰長閱讀。

　　1947 年 9 月 3 日，「臺灣新生報社」改組為「臺灣新生報股份有限公司」，1949 年 6 月再改組為「臺灣新生報社股份有限公司」。當時臺灣公營報紙約占報紙總發行量的 90%，而《臺灣新生報》則為當時公營報紙的龍頭，享有良好的廣告收益。1952 年 4 月，《臺灣新生報》召開股東大會，成立董事會，正式完成現代化的公司組織結構，謝東閔任董事長。由於謝東閔與日本政商界關係良好，故由他出面向日本訂購最新的印刷設備。

　　1954 年 10 月，《臺灣新生報》啓用向日本池貝廠訂購的 64 吋高速多色輪轉印報機、自動燒版機、修版機等當時最新設備，成為臺灣第一份能進行彩色印刷的報紙。1961 年 6 月，「臺灣新生報社股份有限公司」改組為「臺灣新生報業股份有限公司」，《臺灣新生報》南部版改名為《臺灣新聞報》。這段時期的《臺灣新生報》仍在報業市場佔有優勢地位，有許多措施為臺灣報業首創：

1. 成立讀者服務部。1950 年 12 月成立讀者服務部，下設四組，分別為讀者辦理文化、旅行、社會、康樂等活動，為臺灣報業的先驅。

2. 採用精確新聞報導。1952 年 2 月 14 日，針對當時臺灣民眾關心的對日合約問題，《臺灣新生報》進行問卷調查，隨報發送，共發出了 28 萬餘份問卷，回收 5 萬多份，經過統計後，結果刊登於 2 月 22 日的該報頭版上。這是繼《經濟時報》之後，臺灣報業第二度運用問卷調查進行精確新聞的寫作。

3. 設立民意測驗部。該報在 1956 年 6 月設立民意測驗部，是臺灣地區第一

個正式的民調機構。到 1962 年 6 月撤銷為止，共進行過近百次的調查，對外公佈結果的有 36 次。

4. 採編合一制度。在此之前，臺灣的報紙都是採、編完全分離，記者把稿件發到報社後，編輯再從中進行挑選和編排工作，由於缺乏溝通和事先規劃，對許多重大新聞的處理不夠到位。《臺灣新生報》1956 年 6 月起實施採編合一制，取消採訪組、編輯組的名稱，而依照新聞的類別，把採編人員合併為要聞組、省市新聞組、經濟新聞組等，各組的記者和編輯在組長的調度下互相協調。然而這項制度也只是曇花一現，實施僅一年後，該報又恢復傳統的採編分離制。

5. 彩印廣告。1949 年開始擔任《臺灣新生報》社長的謝然之，曾多次赴日本和香港考察，與當地廣告代理商洽談，使得《臺灣新生報》成為首先刊出港、日廣告的臺灣媒體，對於臺灣廣告市場的國際化功不可沒。此外，1954 年《臺灣新生報》添購了彩色印刷設備，也是第一家刊登彩色廣告的報紙。

6. 成立出版部。1956 年 6 月，《臺灣新生報》成立出版部，以出版圖書雜誌為主，經常彙編該報所刊載過的漫畫、社論、小說等，印刷單行本發售，此舉也開創了臺灣同類報紙的先河。

當時的《臺灣新生報》由於歷史悠久、言論莊重嚴禁，受到國內外媒體的重視，其社論經常為國外通訊社和報刊所引用，如紐約《每日新聞》、《前鋒論壇報》、西班牙《ABC 日報》、《馬德里晚報》等均曾多次引用該報的言論。《臺灣新生報》還獲得 1953 年臺北市新聞記者工會新聞評論獎。

圖 2-23　《臺灣新生報》大樓

　　到了 1960 年代以後,《聯合報》、《中國時報》為首的民營報紙不斷發展
壯大,民營和公營報紙之間的勢力對比反轉過來,《臺灣新生報》再不復過去
的榮景。但在政府支持下,仍然保持著一定的影響力。1981 年 9 月,《臺灣
新生報》位於臺北市西門町的大樓「新生報業廣場」落成啓用,並先後成立
「新生超級書城」、「新生出版部」、「新生畫廊」、「手工藝品展售中心」、「新
生資訊中心」等單位,從純粹的新聞媒體逐漸轉型為文化出版方面的綜合集
團。

　　1999 年 7 月 1 日,《臺灣新生報》因「精省」而改隸於行政院新聞局;2001
年 1 月 1 日,《臺灣新生報》奉令宣佈民營化,轉型為全球第一家以海峽兩岸

經貿及交通訊息為報導主軸的「兩岸經貿專業媒體」，從此不再由政府控制。2004 年，在當時董事長趙仁蓉主導下，《臺灣新生報》以原有的「船期版」為基礎，發行《臺灣新生報航運版》。2004 年 6 月，《臺灣新生報》推出「養生文化報」，服務老人。2006 年 8 月 1 日，由於《中央日報》已於 2006 年 6 月 1 日停刊，中山學術文化基金會與《臺灣新生報》簽約繼續刊行《中山學術論壇》。作為臺灣光復後首家中文報紙，官營媒體時代的巨頭，儘管《臺灣新生報》在媒體環境變遷下早已不復當年的盛況，但仍然持續著自身的媒體和教育使命。

第十一節　臺灣立報

　　《臺灣立報》（Lihpao Daily），簡稱《立報》，在臺灣地區是一份十分特殊的報紙，由中國知名報人成舍我在臺北市創辦，1988 年 7 月 12 日創刊，隸屬於世新大學，目前由成舍我之女成嘉玲擔任社長（原社長成露茜於 2010 年 1 月 27 日辭世），每週一至週五發行，版式為四開小型日報，每日發行 4 張 16 版，每份零售價為新臺幣 10 元。

　　成舍我為湖南湘鄉人，出生於南京，一生從事新聞業長達 77 年，參與創辦的報紙、刊物近二十家，自己直接創辦十二家，包含北平創辦的《世界晚報》、《世界日報》，上海創辦的《立報》、南京《民生報》、香港《香港立報》等。隨國民黨前往臺灣後，於 1955 年創辦世界新聞職業學校，後來升格為世新大學，是臺灣唯一的新聞傳播專業學校，也是最早成立的新聞教育機構之

一，爲臺灣傳媒界培育出無數人才，特別在廣播電視界，「世新幫」有很大的勢力。

圖 2-24　《臺灣立報》創辦人——知名報人成舍我

　　1988 年臺灣報禁解除時，成舍我以世新大學（當時仍稱「世界新聞專科學校」）爲基礎，申請創辦《臺灣立報》。1988 年 7 月 12 日，臺灣行政院新聞局核准《臺灣立報》創刊，當時高齡 91 歲且右眼失明的成舍我，依然親自督導《臺灣立報》每個環節，成爲當時世界最高齡的辦報人。

圖 2-25　世新大學

　　《臺灣立報》的社址就位於臺北市世新大學校區內，同時也為世新大學的學生提供了良好的實踐與學習平臺。相較於臺灣其他報紙，《臺灣立報》特色如下：

1. 是採用 4 開印刷的小型報：這是除了以兒童、少年為讀者的《國語日報》外，臺灣第一家走小型報路線的綜合日報。相較於一般對開的大報，這種篇幅的報紙更適合社會大眾在通勤或工作閒暇時閱讀。

2. 獨立經營、無黨無派。成舍我一生辦報，都堅持不介入政治、黨派利益的原則。《臺灣立報》創刊時也延續此種精神，堅持新聞自由，為社會大眾特別是弱勢群體發聲。他在發刊時訂立兩項原則：一、創立「言論督導委員會」，由訂約《臺灣立報》的讀者選出公正的專家學者及各行業人士成

立委員會，負責監督該報堅守獨立、公正的立場；二、開闢「人民論壇」專版，徵集投稿，並且不預設立場，尊重社會大眾抒發言論的自由。

《臺灣立報》發行範圍以大臺北地區、臺灣中部都會區與臺灣南部都會區為主。目標讀者為學生、家長、教育工作者、社運人士、政府官員等。《臺灣立報》的內容有別於一般以政治、經濟類新聞為大宗的綜合性報紙，它的內容是以教育、弱勢族群、社會運動等方面之報導為主，尤其常有同性戀報導。《臺灣立報》認為，同性戀如同異性戀與雙性戀，只是一種戀愛形式，應該受到公平對待。

目前，《臺灣立報》社除了出版《臺灣立報》之外，也出版以青年文化為主的週刊《破報》（Pots Weekly）以及越南文和泰文的月刊《四方報》。《破報》與《四方報》自 2008 年起，由臺灣《蘋果日報》印刷廠承印。

1998 年 3 月 1 日，《臺灣立報》發表時任發行人的成露茜撰寫的改版宣言〈引爆多元對話　共營新新教育〉，將該報定位為「全國唯一教育專業報」。《臺灣立報》對「教育專業報」的定義是：「以深入淺出的方式，剖析廣義的教育；以報紙作為媒介，發揚教育社會的理想。」

2007 年 12 月 28 日，臺灣少年權益與福利促進聯盟（台少盟）在青輔會青年交流中心舉辦「第三屆『好媒人』優良平面兒少新聞報導獎頒獎典禮」，《臺灣立報》攝影記者黃世麒獲得「兒少新聞攝影獎」第一名。2008 年 1 月 30 日，《臺灣立報》公佈〈臺灣立報聲明拒絕歧視廣告〉聲明，《臺灣立報》在該文稱其廣告刊登標準將比照《四方報》，除了與《破報》聯賣的部份之外，在可以全權處理的範圍之內，拒絕刊登歧視、扭曲或打壓弱勢族群的廣告；

另外，《臺灣立報》所刊登的文章與報導，其主筆或寫手如有歧視、扭曲或打
壓弱勢族群的言論，則其編輯或討論板板主將撰文申明弱勢族群立場。

圖 2-26　《臺灣立報》

　　《臺灣立報》在臺灣新聞傳播界是一個十分特殊的存在，它不同於主流
大報，而著力在教育、公益、弱勢群體等方面的相關報導和論述，儘管發行
量不高，但在臺灣的學生、教育界人士和社會工作人員中間，卻有較高的知
名度和影響力。此外，作為世新大學附屬的刊物，它在協助培養臺灣新聞傳
播人才方面，也是功不可沒。

第十二節　民眾日報

民眾日報（英文：The Commons Daily）創立於 1950 年，與《臺灣時報》、《臺灣新聞報》並稱「南臺灣三大報」，總社設在高雄市三民區。由於臺灣絕大多數的傳媒機構都位於北部，特別是集中於臺北市，因此《民眾日報》算是獨樹一幟。《民眾日報》以「強調臺灣本土化，鼓吹南北平衡」為辦報宗旨。

其實，這份報紙並不是誕生在臺灣南部地區的。《民眾日報》1950 年由李瑞標創立於基隆市，然而當時臺灣光復後資源緊缺，新報又不斷湧現，競爭極為激烈；由於資金不穩，屢傳易主。1953 年，《民眾日報》受到基隆市政府控告，發生過經營權和發行權的爭奪事件，之後由李哲朗出任董事長，並於 1978 年將報社總部遷往高雄市，成立「民眾日報股份有限公司」。

《民眾日報》報導的立場是擔任民眾與政府的橋樑；但是在臺灣戒嚴時期，《民眾日報》也常因報導有關黨外、中共與鄉土等當時被認為是敏感性的新聞，因此時常就會受到國民黨文工會、警備總部等機關的新聞檢查。1957 年，該報記者林振霆因報導「五二四事件」被判處無期徒刑，最後坐牢27 年才出獄。

1985 年 6 月 7 日，《民眾日報》由於報導「中共將繼續走開放路線，反對超級強國欺侮小國　趙紫陽訪英公開抨擊美蘇兩大集團」、「三十位旅美前國軍將領建議政府：取消戒嚴令另訂他法，正視省議員集體辭職」等新聞，被高雄市政府以《出版法》第 40 條第 1 項規定勒令停刊：「貴報本（六）月

七日所刊載的第一版頭條新聞，因標題及內容顯然違反國策，有為匪張目之嫌，自本（六）月十日起裁處停刊七天。」由當時的高雄市長蘇南成具名，發出停刊 7 日處分的行政命令。

圖 2-27　曾為《民眾日報》總部的臺灣基隆「民眾大樓」

1997 年，《民眾日報》總編輯李旺台因為處理宋楚瑜請辭臺灣省長一事當中的立場問題，而被李哲朗解聘。臺灣新聞記者協會對此次事件表示抗議，並要求該報勿受政治干預。李旺台對宋楚瑜的新聞處理，與當時的報社高層政策不合；李旺台自己則認為，此事應與宋辭職風波有關，所以先行辭職。這是李哲朗第一次開除與自己有意見衝突的員工。

　　《民眾日報》進入 1990 年代後，在報禁開放的大背景下，報業市場百家爭鳴，利潤日趨微薄，《民眾日報》也因此開始面臨虧損問題。2000 年 2 月，東森媒體集團開始投資入股《民眾日報》。2001 年，《民眾日報》經營權正式被轉售給東森媒體集團，由蔡豪擔任社長。

　　東森爲臺灣知名的綜合性媒體集團，前身是 1991 年成立的友聯全線公司，主要提供錄影帶以及有線電視（當時尙未合法化）服務。在 1992 年開放有線電視合法化後，迅速崛起並佔據極大的市場份額，1993 年更名爲力霸友聯公司；在提供有線電視服務的基礎上，該公司又開始經營自己的電視臺，實現縱向一體化，1997 年 9 月更名爲「東森電視臺」，從開始的二個頻道，到現在共有包含東森新聞台、東森電影台、東森洋片台、東森戲劇台、東森綜合台、東森幼幼台在內的八個節目頻道，另有五個購物頻道，是臺灣有線電視體系中覆蓋面最廣、自製頻道數量最多的集團。《民眾日報》的加入，則使得東森正式成爲橫跨平面媒體和電子媒體的全方位傳媒集團。

　　在東森時期，《民眾日報》發行量爲 20 萬份左右，讀者大多數分佈於臺灣中南部地區，年齡層散佈 30 至 50 歲的高消費力客群，遍及全省。《民眾日報》也曾連續兩年獲得臺灣新聞局頒發「最佳淨化新聞媒體獎」。

　　然而，2007 年 5 月 1 日，《民眾日報》103 位員工遭資遣，等了兩個月都領不到資遣費；《民眾日報》員工因此將前董事長王世均（原名王親雄）告上高雄市政府勞工局，並質疑王世均涉嫌掏空《民眾日報》。2007 年 7 月 4 日，《民眾日報》勞資雙方首度召開協調會；王世均在會中承諾，會在 7 月 16 日及 7 月 30 日給付遭資遣員工總計新臺幣 1631 萬元的資遣費。

　　2007 年 5 月，繼任董事長林文雄接掌《民眾日報》，該報共有 36 個地方版，地方性版面的數量和比例居臺灣各大平面媒體之首，除了區域性報導比重增加之外，同時也從只偏重中南部地區調整爲全國發行。2009 年 4 月 10 日，《民眾日報》與廈門《海峽導報》以互換版面方式合作。初步以兩岸的旅遊介紹、風土民情爲主要內容。2009 年底，《民眾日報》開始發行免費週報，已發放地點爲桃園、宜蘭兩地。

第三章　臺灣知名報人列傳

第一節　聯合報系創辦人王惕吾
（1913--1996）

在臺灣報業的黃金時代，由王惕吾創辦的《聯合報》與余紀忠創辦的《中國時報》呈雙峰並峙、互不相下的競爭局面。其中，《聯合報》的報份首先突破一百萬份，曾是華文報紙之翹楚。雖然，後來由於網路興起，以及媒體多元化的浪潮蔚為全球主流，相形之下，平面媒體的市占率逐漸下滑，臺灣報業的生存環境漸趨艱難，《聯合報》也不復往日雄風；然而，王惕吾畢生堅持的《正派辦報》原則，迄今仍是該報系自上而下人人信守的金科玉律，由此可見作為聯合報系精神領袖的王惕吾，確有其值得欽佩之處。

王惕吾，原名王瑞鐘，生於 1913 年 8 月 29 日，浙江東陽人，十八歲考入中央陸軍官校第八期，卒業受後參加抗戰，立過不少戰功，受到蔣介石的賞識，被拔擢為蔣的警衛團團長。一九四九年大陸易手，王惕吾隨軍赴台，次年申請退伍，接辦當時因經營不善而急於出售的《民族報》，篳路藍縷，辛苦維持。此為王惕吾首次主持一家報業，雖然其時臺灣風雨飄搖，社會人心惶惶，報紙的銷量難以打開，更遑論爭取廣告收益；但王惕吾發覺到新聞事業才是他真正的志趣所在，故而胼手胝足，全力以赴，終於將民族報撐住，

成爲他日後發跡的一個起點。[55]

圖 3-1　王惕吾

　　1951 年 9 月，爲因應報業生存競爭，主持民族報的王惕吾邀主持經濟時報的范鶴言、主持全民日報的林頂立共同合作，將三家合併爲《聯合版》來經營，當時報名爲《全民日報、民族報、經濟時報聯合版》，至 1953 年 9 月改爲《全民日報、民族報、經濟時報聯合報》，1957 年 6 月即正式改名爲《聯合報》。由於王惕吾擁有多數股權，且係聯合報的實際負責人，故社會上一般將他視爲聯合報的創始人。

　　後來，隨著臺灣經濟的發展與新聞訊息需求的遞增，王惕吾在聯合報在市場上站穩之後，進而逐步創辦了《經濟日報》、《美國世界日報》、《民生報》、《歐洲日報》、《泰國世界日報》、《聯合晚報》、《香港聯合報》等八報，並推動臺灣本地製造中文輪轉機、中文全自動鑄版機、中文計算器檢排系統的研

---

[55] 王惕吾，《我與新聞事業》，臺北：聯經出版，1991。

究與生產，率先引領臺灣報業邁向現代化與國際化。

　　惟蔣經國去世後，王惕吾領導下聯合報楬櫫鮮明的反台獨立場，致受到親日的李登輝打壓，發起針對聯合報的《退報運動》，使聯合報的處境略見艱難，而 1996 年王惕吾逝世後，臺灣報業的大環境也開始收縮，2000 年傾獨派路線的陳水扁上臺，聯合報遭到的打壓更爲嚴苛。既然市場前景並不樂觀，聯合報系爲撙節資源，以因應政治上及市場上紛至遝來的考驗，先後將旗下的香港聯合報、民生報、歐洲日報停刊；但整個報系仍擁有五份報紙，其中三份在臺灣上市，另北美及東南亞亦各有該報系旗下的世界日報出刊，故以規模而論，仍爲臺灣最大的報業集團。

　　王惕吾雖然出身軍旅，但自從投入新聞事業後，能夠禮賢下士，對於有才華、文筆佳，且具宏觀視野的知識份子十分尊重，往往設法延攬進報系，或約聘爲兼差的主筆、專欄作家，使聯合報系的人才庫不斷擴增。同樣難得的是，王惕吾對於提供即時而正確的重大新聞，常常不惜代價。在這一點上，臺灣新聞界耳熟能詳的實例不在少數，例如 1985 年 8 月 26 日凌晨，美國《時代週刊》傳真蔣經國受訪的全部問答，其中透露蔣晚年對權力繼承問題的重大宣示，當時三十萬份聯合報已印好，並已裝上送報車，上了高速公路，王惕吾爲提供讀者最新消息，立刻決定追回，並換上新的頭題：蔣經國「嚴正宣告保護憲法決心，從未考慮由蔣氏家屬接班。」這說明在面對重大事件時，王惕吾能夠作出正確的決定。

　　王惕吾晚年曾以四個字總結他經營報業的理念與原則：「正派辦報」。他說：「聯合報是正派的報紙。我常常對報系的同仁說，我們聯合報不是官報，

而是民營報紙，這是基本的報紙立場。但是，我們不是左派，不是右派，也不是中立派，而是正派的民營報紙。正派的報紙也無所謂前進或保守。我們是正道的、正直的、正確的、正當的、正中的、正誼的報紙。」[56]

其實，這四個字不但凸顯了王惕吾自己的經營哲學，也不啻標示了聯合報的言論立場。多少年來，王惕吾與聯合報歷經大風大浪而仍能擇善固執一往無前，頗得力於對「正派辦報」這項原則的堅持。

在報業經營的實務層面，王惕吾亦有別出心裁的創意，例如，怎樣激發業務人員的積極性，是報業競爭的一大關鍵，王惕吾為此設想出一套勞資雙贏的方案，比照國民黨在臺灣實施「耕者有其田」政策，定名為「送者有其報」，具體作法是：為節省本身發行遞送的人事開支，把社內訂戶報分出，幫助原有的送報生成立分銷單位，如此，不但讓送報生成了老闆，也提高了聯合報的發行量。王惕吾由此悟出了「讓別人有錢賺，人家才會幫你賺錢」的哲學，作為聯合報與其他企業進行合作或結盟的指導方針，對後來聯合報系的進一步茁壯，大有裨益。

正因為王惕吾胸襟寬廣，具有遠見，他與同時代許多卓越人物常能建立深厚的交誼。例如，當年在臺灣有「經營之神」美稱的台塑企業董事長王永慶便與他締結了終身不渝的深交；不但私交甚篤，由於王惕吾的要求，王永慶甚至擔任過聯合報的董事長。事緣 1972 年秋，王惕吾的兩位合夥人范鶴言、林頂立另有他志，決定退出報業經營，但王惕吾一時無法支付為數甚大的股權價款，乃找王永慶幫忙，王永慶先買下了三分之一的股權，後又接了

---

[56]王惕吾，《我與新聞事業》，臺北：聯經出版，1991。

六分之一，並接受了董事長的名義，然而並未過問報紙的經營。其後因恐外界的誤解及壓力，乃在 1976 年 5 月無條件退回了聯合報與經濟日報的股權，但是並未要求王惕吾馬上償還股金，使聯合報不致產生立即的財務危機。後來，聯合報財務狀況大幅改善，王惕吾欲將王永慶的資金連本帶利奉還，但王永慶堅持只收回本金；如此這般，一個慨伸援手，一個感恩圖報，堪稱兩位企業家的義氣之交。[57]

關於「正派辦報」，王惕吾一直念茲在茲，目睹臺灣已進入多元意見、多元價值互相激盪或衝撞的時期，王惕吾向報系同仁強調，在不同的資訊與意見中獲得平衡的觀點，而這觀點是基於最大多數人利益的，照顧到最大多數意見的，又為最大多數人的福祉著想的，這樣的觀點就是正派的觀點。王惕吾表示，這就是「正派辦報」的經營方針所表現於新聞言論的立場。

王惕吾晚年公開反對李登輝藉本土化之名進行分化族群的政治鬥爭，李登輝則以發動針對聯合報的「退報運動」，試圖報復。當時聯合報系雖遭受重大壓力，但王惕吾堅持捍衛言論自由的原則，不為所動。他說：「政治人物的法定任期是有限的，我作為新聞媒體的董事長，任期卻沒有限制」，意謂李登輝是會下臺的，臺灣的媒體不必也不可向這種政治壓力屈服。但儘管王惕吾的風骨受到報系內外一致的肯定，已過八十高齡的他在多重壓力下身體畢竟愈來愈衰弱，1996 年 3 月 11 日凌晨，他因肝癌復發逝世；生前對聯合報報系各個事業體的接班序列，基本上都已作出妥慎的安排。

---

[57] 王麗美，《報人王惕吾》，臺北：天下文化出版，1994。

附錄：王惕吾生平大事年表

（參見王麗美《報人王惕吾》，臺北：天下文化出版，1994）

1913.08.29 出生於浙江東陽

1930.09 考入中央陸軍軍官學校第八期（時年 18 歲）

1948.03 以警衛旅團長身分來台

1949.05.04 參加發起民族報創刊

1950.01.01 退役接辦民族報（時年 38 歲）

1950.06.27 民族報開始發行第二次版

1950.12.01 民族報第二次版獨立發行爲《民族晚報》

1951.09.16 倡議民族報、全民日報、經濟時報三報聯合出版。首日發行一萬二千份

1952.01.05 出報依限張規定減爲一張半，售價降爲五角

1952.01.15 與李萬居、李玉階共同發起成立「民營報業聯誼會」

1953.09.16 報紙名稱由《全民日報、民族報、經濟時報聯合版》改爲《全民日報、民族報、經濟時報聯合報》

1954.01.01 創辦臺北市報紙零售業務

1954.09 聯合報財務達成平衡

1954.11.07 反對內政部九條新聞禁例的頒佈

1955.08 資助布農族青年柯秋田全部醫學院就學經費

1955.10.10 在香港開辦聯合報「香港版」

1956.03.14 美報業鉅子小赫斯特夫婦來訪

1957.06.20 將報名《全民日報、民族報、經濟時報聯合報》正式定名《聯合報》，改任發行人

1958.02.16 聯合報報社遷往臺北市延平南路八十三號

1958.04 反對政府強行通過出版法修正案

1959.06.15 與臺灣宜昌機器公司簽約，委託其製造第一部國產輪轉印報機

1959.08.15 聯合報遷往北市康定路二十六號，開始擁有自建的報社與印刷廠

1959.09.16 聯合報發行量超過中央日報，躍居第一位

1960.04.01 開始抄收美聯社電訊

1961.01.01 實施員工互助辦法

1961.03 因雷震案遭到政治杯葛，軍方下令禁止訂閱聯合報

1961.04.01 創辦廣告商代理制度

1961.08.27 參加陽明山第二次會談，聯合三位報業人士共同呼籲以新聞自律代替出版法

1963.09.03 應美國務院之邀訪美兩個月，並順道展開全球之旅

1964.01.01 發行海外航空版

1964.10.15 派員支持臺灣日報之創刊

1965.05.20 赴英參加國際新聞協會年會

1965.09.01 聯合報費時年餘整理出 2356 個中文「常用字匯」

1966.07.25 聯合報每日出版增為兩張半

1966.11.15 赴印度出席十五屆國際新聞協會年會，籲准中華民國入會

1966.11.22 訪馬來西亞，會見總理東姑拉曼

1967.04.20　經濟日報創刊，兼發行人

1967.05.24　訪越南

1968.01.06　訪印尼，會見總理蘇哈托

1969.06.04　赴加拿大參加國際新聞學會年會，會中通過我國成立分會之申請

1971.03.13　英報業鉅子湯姆森爵士應邀來訪

1971.07.16　聯合報系遷往臺北東區發展，社址在忠孝東路四段五百五十五號

1971.10.23　國際新聞協會執委會決暫停中華民國會籍，王惕吾決停止出席年
會抗議

1972.10　當選國民外交協會理事

1972.10.30　范鶴言與林頂立退出聯合報及經濟日報經營，兩人股權轉售與台
塑企業董事長王永慶

1973.03.15　當選「中華民國田徑協會」理事長

1973.05.11　承受王永慶轉讓聯合報及經濟日報股權

1973.06.27　將發行由直營改為分銷，創「送者有其報」制度

1973.07.01　當選體育協會常務理事、中華奧會執委

1974.01.01　聯合報由合夥制改為成立股份有限公司，任董事長

1974.05.04　成立「聯經出版公司」

1974.06.01　成立英文的「中國經濟通訊社」，提供在台外商英文經貿資訊

1975.03.27　因應限張政策，以照相縮版增加廣告容量

1975.05.23　國際新聞協會恢復中華民國會籍

1975.10.10　《中國論壇》創刊

1976.01　當選臺北市報業公會理事長

1976.02.12　《世界日報》在美創刊，總社設於紐約，同時成立三藩市分社，是第一份向全美發行的中文報

1977.02.10　獲美聖若望大學頒榮譽博士學位

1977.02.26　聯合報因應限張，分類廣告開始分地區分版

1978.05.18　創辦《民生報》，是國內第一份以體育、影劇、文化爲主的專業報紙（時年 66 歲）

1978.06.20　成立「天利運輸公司」，開始利用新完成之高速公路運送報紙

1978.07　自美國國務院官員處獲悉中美行將斷交，因考慮國家處境，未發表該消息

1979.02.16　獲美聖若望大學國際獎章

1979.03.01　爲報紙彩色印刷成立雷射彩色製版公司

1979.09.01　因肝疾赴美休養三個半月

1979.12.24　當選國民黨中央常務委員

1980.06.16　美國世界日報成立洛杉磯分社

1980.09.16　聯合報發行超過一百萬份

1981.02.16　成立「聯合報系文化基金會」

1981.04.16　獲韓國明知大學頒榮譽博士學位，晤韓總統全斗煥

1981.08.01　《聯合月刊》創刊

1981.08.15　聯經資訊公司成立

1981.09.16　聯合報系忠孝東路第二大樓落成，文化基金會成立「國學文獻館」

1982.09.16 創中文報紙電腦檢排之先

1982.12.16 創辦《歐洲日報》於巴黎，是第一份在歐洲發行的中文報（時年70歲）

1983.08.10 聯合報革新版面，將社會新聞版移至第五版，三版改刊科技文化新聞

1984.04.06 接受秘魯聖島丁大學榮譽博士學位

1984.05.14 在東京會晤西藏精神領袖達賴喇嘛

1984.11.01 《聯合文學》月刊創刊

1986.02.08 在美國成立「世界電視臺」

1986.02.18 接辦國民黨在泰國的《世界日報》，改為民營報紙（時年74歲）

1986.09.17 《美國新聞與世界報導中文版》創刊

1987.01.10 菲律賓副總統兼總理勞瑞爾伉儷來訪

1987.08.01 美國世界日報成立加拿大多倫多分社

1987.08.09 接受美東伊利諾大學頒贈人文科學榮譽博士學位

1987.11.04 訪菲律賓，晤菲總統柯拉蓉

1987.11.20 發起「為老兵返鄉捐款」運動

1988.01.01 報禁及限張禁令解除，出報增為六大張

1988.01.03 南部印刷廠啓用

1988.02.01 《歷史月刊》創刊，由《聯合月刊》變更登記發行

1988.02.22 創《聯合晚報》，中部印刷廠成立（時年76歲）

1988.03.27 聯合報產業工會成立

1988.04.05　王惕吾辭國民黨中常委職務

1988.12.20　菲副總統勞瑞爾來訪

1989.04.10　聯合報擴增第一版新聞篇幅自七欄增爲十三欄，縮小廣告篇幅爲七欄

1989.12　邀大陸民運人士萬潤南、蘇曉康等二十餘人訪台

1990.07.15　聯合報系林口印刷工廠啓用

1990.09.16　《美國新聞與世界報導中文版》停刊

1991.08.31　捐贈老家浙江東陽成立巍山鎮中學

1991.09.16　聯合報編輯部實施電腦化作業

1991.10　世界日報在加拿大溫哥華成立分社

1992.05.04　創辦《香港聯合報》，爲聯合報系第八個報紙，第四個海外報紙（時年 80 歲）

1992.06.17　冰島前總理赫曼森伉儷來訪

1992.09.01　邀請英國前首相柴契爾夫人來華訪問

1992.11　聯合報因報導中共中央政治局常委李瑞環談話，引起「退報運動」

1993.06.13　成立「聯合報系教育中心」

1993.09.16　宣佈退休，長子王必成接任聯合報系董事長

1994.03.20　邀請前蘇聯總理戈爾巴契夫來華訪問

1996.03.11　凌晨零時二十分病逝於臺北榮民總醫院，享年 84 歲

第二節 中時報系創辦人余紀忠
（1910--2002）

余紀忠是中國時報集團的創辦人，也是該報系同仁公認的精神領袖。雖然他所創辦的中時報系在他去世五年後已由其子出售給在大陸經營食品業發跡的旺旺集團，但余紀忠仍被新經營團隊遙尊為鼓舞後進的精神指標。這位屢次在時代轉折中發揮關鍵力量的報人，以文人辦報的理念、求新求精的作風，以及對民主法治及民族認同的堅持，在華文報業史上，留下了永不磨滅的巍峨身影。

余紀忠於 1910 年生於中國江蘇省武進縣，自幼聰慧好學，且深具民族意識；及長負笈南京，就讀國立中央大學。畢業後，1934 年赴英國倫敦大學政經學院留學。1937 年七七事變發生，余紀忠決定投筆從戎，返國與全民共同抗日，歷任國民黨內多項黨政要職，日本投降後曾奉國民黨高層之命赴東北辦報，從事政令宣導；後因國民黨潰敗，於 1949 年隨軍輾轉來到臺灣。至此為止，余紀忠的生涯和履歷，與眾多國民黨中高層幹部並無多大區別。他之生命精華，主要表現在後半生於臺灣創辦報紙，引領輿論，鼓吹人權與法治，帶動了臺灣的民主化發展。

1950 年，余紀忠在物力維艱中創辦了一份經濟性刊物《征信新聞》。初期銷路平平，但余紀忠全力以赴，甚至親自騎著簡單的腳踏車上街兜售，終於達到了損益兩平的階段。隨著臺灣經濟逐漸改善，余紀忠在《征信新聞》營運日漸成長後，陸續將之更名轉型為《征信新聞報》及《中國時報》，後來

臺灣社會日趨富裕，廣告收益與報份亦水漲船高，余紀忠眼見情勢有利，陸續再創立了《時報週刊》、《工商時報》、《中時晚報》及相關機構，成為臺灣最具規模及影響力的報系集團之一，和另一傳媒集團聯合報系對立爭衡，寫下了華文報業發展史上波濤洶湧的壯觀冊頁。

　　余紀忠素來崇仰中國近代史上以「匹夫而為百世師，一言而為天下法」著稱的梁啓超，故而從梁氏的《新民叢報》中摘取「開明、理性、求進步，自由、民主、愛國家」的訴求，作為辦報宗旨。他曾手書：「中國時報的使命是政治民主、民族認同、穩定大局。我希望國人要有民族的大愛，政府施政要以民意所歸為基礎，從而建立廿一世紀中前途無量的新中國。」無論在維護言論自由、追求民主、保障人權、堅持民族認同及關懷本土各方面，余紀忠亦步亦趨地追隨他心目中的導師梁啓超，而中國時報的社論常以梁氏的思想與言論為依歸，是顯而易見的。

圖 3-2　余紀忠

　　余紀忠創辦征信新聞之初，筆路藍縷，篇幅僅四開一張，內容以財經爲主，然而報導及言論皆精闢深入，切中時要，影響力迅速擴及社會各層面，乃得於一九五五年購買機器，自建工廠。1960 年元旦改名《征信新聞報》，內容已具綜合性報紙之規模。1968 年 3 月，余紀忠正式啓用美國高斯公司之新型輪轉式彩色印報機，印出全亞洲第一份彩色報紙；全球華文報紙進入彩印時代以此爲始。同年 9 月報名改爲《中國時報》，聲譽規模自此加速發展，確立華文大報之地位。

　　自從採用彩色印刷並改名中國時報之後，由於適逢臺灣經濟起飛，且社會對新觀念、新資訊的需求格外殷切，而余紀忠求新求變的辦報作風恰與這樣的社會需求交互激盪，於是，中國時報的銷量在短期內直線上升。行有餘力，余紀忠於 1978 年發行《時報週刊》，同年 12 月 1 日《工商時報》創刊，一個報業王國的版圖，已經赫然在目。1982 年 8 月，美國發行稽核局發表稽核報告，中國時報每日有費報實銷數突破一百萬份。中國時報由是成爲發行數字經國際權威發行稽核機構認證的唯一華文報紙。同年，美洲中國時報在紐約及洛杉磯兩地建廠，於 9 月 1 日同時發行。中時集團的氣勢，一時炙手可熱。

　　但「福兮禍所伏」，正在中時集團蒸蒸日上之際，卻發生了與蔣經國身邊的黨政高層扞格齟齬的事件。1978 年洛城奧運，美洲中國時報大幅報導中國大陸選手得獎消息，引爲華人之光，持論觀點開風氣之先，卻觸犯政治禁忌。當時臺灣尙在外匯管制時期，蔣經國身邊的保守勢力趁機運作，卡住余紀忠在美國辦報經費所需的外匯，美洲中時從而被迫停刊。1986 年 3 月，余

紀忠以處理美洲中時停刊後之資產，在美國設置「時報文化基金會」，獎助在美華裔子弟修業與深造，並資助美國學術機構及學者有關中華學術文化之研討與著作。這是無可奈何下的善後處置，也是余紀忠在臺灣政界的一次挫折。

但時代進步的軌跡畢竟歷歷可見。1988 年元月 1 日，臺灣報禁解除，余紀忠於 3 月 5 日宣佈《中時晚報》創刊。繼於 12 月 1 日宣佈在臺北成立「時報文教基金會」，從事公共政策之研究，並協助推行。

至此，美洲中時被迫停刊的陰霾，已告消散。余紀忠見形勢大好，更積極維護言論自由及推動民主政治，1986 年民進黨組黨時，他下令中國時報大幅報導民相關消息。而蔣經國亦公開宣示「時代在變，環境在變，潮流也在變」，自由民主之大勢自此蔚然澎湃，臺灣民主改革及政黨政治的時代也隨之開啓。

當年 10 月，蔣經國猝然逝世，作為國民黨中常委一員的余紀忠以穩定政局為重，力主一切依照憲法的規範來處理，中國時報與聯合報同時發揮了穩定人心、協助促成黨政中樞平順轉移的輿論功能。而在積極支援民主改革之同時，余紀忠也強調健全憲政與法治，俾使民主體制可長可久。另一方面，在繼任蔣經國的李登輝開始流露向台獨傾斜的意向之際，由於中華民族認同是余紀忠畢生所堅持的大是大非，他開始與原先頗為寄望的李登輝劃清界限，轉到積極推動兩岸良性互動，更透過中國時報的系列社論，提出「中華邦聯」主張，作為兩岸共創榮景的藍圖。這是他抵制台獨路線的鮮明表示，及至 2000 年陳水扁上臺，他主張兩岸和平互動的意念更為堅定，甚至不顧身體虛弱，一再親自訪問大陸，試圖營造兩岸間的親善氣氛。凡此，均顯示他

的民族意識誠屬老而彌堅。

　　余紀忠在大陸生活四十寒暑，在臺灣度過五十年歲月，對兩岸鄉土具有同樣真切的熱愛。一貫秉持的民族認同、穩定大局、否定分離主義、國土不容分裂等主張，皆以達到國家和平統一為最終目的。在陳水扁當政，民進黨氣焰極高的年代，他明確提出兩岸經由簽訂和平協議、開放三通、加強經建合作、共組邦聯等具體步驟，最後組成聯邦，以達成中華民族和平統一的方案，委實是需要有些道德勇氣的。但事實證明，兩岸良性互動及互利雙贏，畢竟是大勢所趨的歷史脈動。

　　1999 年 2 月，余紀忠捐資成立「華英文教基金會」，獎助母校大陸東南大學、南京大學學子從事高深研究。五月中返鄉掃墓並訪母校後，於 18 日在北京釣魚臺國賓館會晤中國大陸國家主席江澤民，就兩岸情勢表達具體看法，同時應江氏之詢，就其主張由邦聯到聯邦的和平統一方案詳為剖析，並闡釋各具體步驟的適切性。2000 年 10 月 2 日，中國時報五十周年社慶，余紀忠曾發表專文，呼籲兩岸領導人慎辨情勢、排除空言、把握時機，化解戰爭危機，締造和平新局。這是針對當時陳水扁的傾獨言行所提出的忠告。雖然言者諄諄，聽者藐藐，但余紀忠克盡知識份子言論報國的心意，卻是全球華人社會的有議之士都心知肚明的。

　　總之，余紀忠領導手創的中時報系，五十餘年一路走來，堅守的信念與秉持始終如一，愛國熱忱與謀國忠藎歷久彌堅，一方面，實堪視為文人辦報的典型，另一方面，卻是文人辦報的奇蹟。一份報紙對國是、時局、社會、人心作出如許貢獻，發生如許影響，在報業史上應屬僅見；雖然他的後人無

法克紹箕裘,終將整個中時報系出售;但余紀忠自己在華文報業史上的份量和地位,終究已屹立不移。

2002 年 4 月 9 日,余紀忠因肝癌不治逝世,在臥病期間猶念念不忘如何促進兩岸良性互動,對中華民族的前途之關懷尤其情見乎詞。

2010 年 10 月 30 日,由佛光山星雲大師邀集臺灣新聞、文化界資深公正人士所創設的「星雲真善美新聞傳播獎」,頒發「華人世界特別獎一典範報人」給中國時報余紀忠與聯合報王惕吾兩位報社創辦人,以表彰他們對華文報業的卓著貢獻。前者由其女「余紀忠文教基金會董事長」余范英代表受獎。

她說父親是中國的知識份子,對民主有堅持,對大局一向宏觀;心胸開闊,對細節一絲不苟,堅持理性訴求。希望父親對新聞人的期許與堅持,能透過這個獎繼續傳承下去。

附:中國時報創辦人余紀忠生平紀事

年份	事件
1910 年	出生江蘇常州。
1937 年	投身軍旅。
1946 年	前往大陸東北方,陸續擔任東北行營部主任、東北保安司令部政治部主任、中宣部駐東北特派員。
	在東北創辦《中蘇日報》,擔任發行人兼社長。
	11 月,當選制憲國民大會代表。

1948 年	調任中國國民黨中央黨部訓練委員會主任秘書。
1949 年	舉家遷台，擔任物資調節委員會經濟研究室主任。
1950 年	10 月 2 日，在臺北創辦的《征信新聞》，此為中國時報前身。
1960 年	1 月 1 日，《征信新聞》易名為《征信新聞報》。
1968 年	9 月 1 日，《征信新聞報》改名為《中國時報》。
1958 年	6 月 21 日，出版法通過，余紀忠撰寫社論，嚴指此舉危及新聞自由與民主形象。
1975 年	1 月 24 日，時報文化出版公司成立。
1978 年	12 月 1 日，工商時報創刊。
1979 年	3 月 5 日，成立時報週刊。
	12 月，當選中央常務委員。
1988 年	1 月 1 日，報禁解除，中時報系發表社論「樂見報禁開放——為民主自由的勇者」。
	3 月 5 日，創辦中時晚報。
	7 月，請辭國民黨中常委職務，決心專心辦報。
	12 月 1 日，成立時報文教基金會做為回饋社會的起步、基礎。
1989 年	12 月 22 日，成立時報資訊公司。

1990 年	10 月 8 日，獲聘為國統會委員，參與研究制定國家兩岸政策發展方針。
	10 月 23 日，「時報新聞即時系統」舉行開播儀式。
1995 年	4 月，余先生在清明節前夕返回江蘇常州故鄉祭祖省親，回到闊別 40 多年的故鄉。
	9 月 11 日，中時全球資訊網正式上線，10 月 2 日宣告成立。
1998 年	5 月 3 日，時周多媒體公司成立，整合報系資源，多元化經營，為事業版圖厚植實力。
1999 年	4 月 26 日，余先生獲中央大學頒贈榮譽文學博士。
2001 年	10 月 2 日，中時 51 周年茶會上，余紀忠宣佈交棒給其子余建新，正式卸下中時 51 年報務管理，改任創辦人，中國時報文化事業公司董事會改組，另網羅中時社長黃肇松、副社長胡鴻仁、總編輯林聖芬、中時網科董事長鄭家鐘及王篤學擔任董事，中時報系從此步入團隊經營新時代。
2002 年	4 月 9 日上午 10 點 8 分，與世長辭，享年 93 歲。

第三節　自由時報創辦人林榮三
（1939--2015）

　　自由時報號稱是臺灣目前發行量最大的報紙之一，僅次於蘋果日報，強調本土優先、臺灣至上，一貫以反對國民黨、支持民進黨爲主要訴求，是綠營在平面媒體方面的最大支持力量。由於意識形態立場鮮明，在媒體專業表現方面不免引起爭議；雖然如此，它的促銷手段靈活，現已穩居臺灣四大報之一。自由時報之所以展現出如今這般的風貌，創辦人林榮三的理念、作風，是其關鍵。

　　林榮三，1939 年 5 月 27 日出生，爲臺灣省臺北縣人，開南商工職業學校高商部畢業。由於經商有成，曾擔任國際青商會三重分會正副會長、私立開南高級商工職業學校董事會董事，並熱心從政，在國民黨主政時代，即曾任立法委員、監察委員、監察院副院長及總統府國策顧問等職，及至陳水扁上臺，林榮三的自由時報更與民進黨水乳交融，甚至偶還介入民進黨內部的派系之爭。林氏育有三男一女（長子林鴻聯、次子林鴻邦、三次林鴻堯），妻子是林張素娥，子女皆在家族企業任職。

圖 3-3　林榮三

　　林榮三出身以房地產或建築業起家的「三重幫」。其中，林榮三家族以聯邦建設、宏泰集團爲主軸，經過多年經營發展，不僅政經實力雄厚，還介入金融產業與新聞產業的經營，如聯邦銀行、聯邦證券與自由時報即屬聯邦建設；至於宏泰集團也另擁有安泰銀行及若干壽險業的經營權。三重幫幾個家族之間有複雜的血親及姻親關係，儼然形成家族政治、派系群體等複合聯盟性質的政商集團，也因爲三重幫的政商人脈，林榮三得以進入政治領域，發揮長袖善舞的能耐；但後來因其財團色彩被指爲「黑金」，受到社會非議，時任國民黨秘書長的宋楚瑜，因形象顧慮堅持不提名林榮三競選監察院副院長，林榮三憤懣之下，遂決定全力投入十年前買下、他自己並未參與主持的自由時報，並從批判宋楚瑜一路擴大到反對國民黨，使自由時報成爲深具政治立場的媒體。

　　爲了一圓報業夢，林榮三花費不少，初期投資約三億元，1988 年臺灣報禁開放前，他已投入六、七億，其後又投資十餘億。自由時報在經營初期常

虧損，但林榮三鍥而不捨，多方設法，終於在報業界站穩了腳跟，進而逐步擴大版圖。

他的經營理念系由長年經營房地產而來，因此經營報紙的手法較之當時的競爭對手聯合報、中國時報等更為靈活，甚至不惜大量贈送免費報，以提升自由時報的閱讀率，俾拓展廣告收益，可見一斑。

他全心投入報紙經營，事必躬親，從報紙內容，到編輯手法，推廣報份的策略，甚至到每一名記者、編輯、業務人員的培訓，他都親自參與，結果是自由時報帶有林榮三個人的強烈風格，有人形容自由時報沒有特別的或多元的文化，只有「林榮三文化」。

林榮三的學歷不高，只是高商畢業，因本身的經驗背景，他對報紙的要求並不在乎是否符合專業要求，或文字是否優美、報導是否周延；據自由時報的工作同仁表示，林榮三對新聞的要求主要是立場必須合乎本土、親綠，而表達則要求明快、直接。自由時報的資深記者就說：「這裏的優點是長官的思想一致，全都泛綠，大家寫稿都心知肚明，文筆普通、有錯字沒關係，立場搞對就好。」

至於報紙行銷方面，林榮三注重的是「大數法則」，憑藉經營房地產所能掌控的龐大資源，他經常以駭人聽聞的促銷方案來擴大自由時報的訂戶及零售數量，

臺灣媒體界迄今猶對他的某些促銷手法議論紛紛，例如狂送黃金、率先降價為每份 10 元、在發行量還明顯落後的時候，再三強調閱報率第一。這些撒下重金的作法果然有效，自由時報的銷量如今已號稱全臺灣第一。

媒體本應自覺地恪守客觀中立，但林榮三卻強調鮮明的政治立場，這本應是主持及經營媒體的大忌；但臺灣情況特殊，政治上藍綠對立嚴重，影響所及，社會大眾亦常形成偏藍或偏綠的「分眾效應」；於是，自由時報鮮明的政治立場使其成為臺灣獨派、泛綠的主要代表媒體，廣告量及發行量反而較強調客觀中立的其他主流報紙成長得明顯。

從自由時報的發展歷程來看，也確實可謂是林榮三一手使這個報紙從默默無聞走到了叱吒風雲的地步，雖然爭議與議評不斷，但林氏畢竟已屬不容輕忽的媒體大亨。《自由時報》前身是 1946 年 12 月 12 日創刊的《台東導報》，由於經營情況不佳，1948 年 12 月 12 日，在台東縣國大代表陳振宗等地方人士支持之下，申請改為《台東新報》，由陳振宗出任發行人，正式發行日刊報紙。之後由於虧損太大，1950 年 10 月 11 日宣佈停刊，直到 1952 年 7 月 12 日，經國民黨台東縣黨部主任委員吳若萍出面主持，才得以復刊。但銷售範圍僅限於花蓮與台東兩縣，缺乏廣告收入，經營困難，勉強維持到 1961 年元旦，宣告停刊。停刊後迅速轉手，買主易名為《遠東日報》重新發刊。1978 年初經營權再轉移，改名為《自強日報》，此次轉手發行地也從台東遷往彰化。1980 年 4 月，《自強日報》以新臺幣四千萬元轉賣給林榮三所屬之聯邦集團，1981 年 1 月 1 日改名《自由日報》，正式成為中部地區之地方報紙。1986 年 9 月 15 日，該報獲准遷至臺北縣新莊市發行，來年 9 月再度更名為《自由時報》，並開始積極往全國性報紙之規模發展。但初期林榮三並未投注心力，直到他與宋楚瑜結怨，為了彰顯自己的實力，同時也認知到解嚴後的臺灣，媒體經營是大有可為的事業，而正在迅速茁壯的本土政治勢力，亦正需要新興媒體

的支援與結盟。這其中顯然隱含了極大的商機；在企業經營上精明而霸氣，且擁有三重幫財團背景的林榮三及時把握了臺灣政治轉型的商機，故能使得自由時報在媒體逐鹿中脫穎而出。

歲月遷移，臺灣企業界第一代創業者大都已經交棒，在新聞界，聯合報甚至已由第二代向第三代過渡，而中國時報則已轉手給以在大陸經營食品業發跡的旺旺集團；就自由時報而言，年事已高的林榮三準備交棒給下一代，亦屬意料中事。

據林榮三身邊的親近人士透露，屬三重幫的聯邦集團，橫跨建築、媒體與金融等領域，應會在創辦人林榮三安排下，三個兒子逐漸接棒、分掌不同事業體；老大林鴻聯主導聯邦銀行，老二林鴻邦負責自由時報與臺北時報業務，老三林鴻堯則掌管聯邦建設。其中，林鴻邦是林榮三次子，學成歸國後，在報社以董事長特別助理身份見習，管理自由時報最強勢的行銷業務部門。在見習時每天必做三報廣告比較，發現有漏失的廣告，會去了瞭原因；在林榮三修改社論時，林鴻邦隨侍在旁，有時會要求林鴻邦發表意見。可見林榮三已在安排由林鴻邦接手自由時報，故而作出如此具體的規定。

事實上，林鴻邦在 2005 年正式接任社長後，逐漸展現當家做主的一面，當年八月間便進行了大規模的組織調整，重新編組為大政治、大生活、大社會、影藝中心、財經中心、地方中心等部門，意在縮短指揮流程，他還一口氣調整了十幾位主管職務，並出現「執行長」這類商業管理氣息較重的稱謂，意味新人必須各就戰鬥位置。林鴻邦上任後每天在編輯台看版面，但除了頭版仍由社長及總編輯拍板，其他焦點新聞則透過投票決定；此外，為了鼓勵

記者多做深刻報導、挖掘獨家內幕，提出每個月兩百萬元的獨家獎金額度，獨家新聞可獲一萬元至數千元不等的獎金。由此可知，林鴻邦的企圖心不容小覷，自由時報在未來的競爭力仍有可觀。無論如何，在三重幫的財力支持下，自由時報在臺灣報業市場上仍將是一個橫跨政商兩界的龐然大物。

林榮三於 2015 年 11 月 28 日下午病逝，享壽七十六歲。

第四節　曹聖芬（1914--2003）與《中央日報》

在臺灣報業發展史上，長期主持國民黨營第一大報《中央日報》，使該報既維持了代表黨政當局立場與意向的權威性，卻又能在商業性媒體市場中表現出不容低估的競爭力，確實是非常令人矚目的績效。而這績效，乃是被黨內外批評者一致指為保守派的曹聖芬所締造出來的。曹聖芬從 1961 年 6 月出任《中央日報》社長，到 1972 年卸任，橫跨了從蔣介石威權統治到蔣經國推動改革的政局交替時期，在十一年任內，他領導《中央日報》成為臺灣新聞、言論界舉足輕重的大報，與民間崛起的聯合報、中國時報鼎足而立。

曹聖芬卸任之際，正是國民黨高層的保守派勢力式微，蔣經國逐漸拔擢的革新保台派及本土菁英開始掌權的時期，但曹聖芬仍長期保持國民黨中央常委的身份，作為保守派在黨政權力核心的代表，蔣經國亦仍不時向他徵詢意見，尤其重視他對媒體走向、民意及輿論的分析，可見他其實是兩蔣都充分信任的重量級報人。

　　曹聖芬，1914 年生於湖南益陽，畢業於中央政治學校新聞系第一期，國學根基深厚，文章典雅簡潔，對新聞事業的抱負，深受其恩師馬星野（日後長期擔任國民黨中央社社長）的啓發，對於新聞事業產生濃厚興趣，並在馬氏的引薦下進入中央社。抗戰軍興，曹聖芬離開中央社記者一職，前往重慶軍事委員會侍從室第二處工作，任蔣委員長中文秘書，由於工作勤敏，文筆流暢，獲得蔣的賞識。抗戰勝利不久，內戰全面爆發，國民黨潰敗，蔣介石引退返回浙江奉化老家時，曹聖芬亦爲趕去陪伴的隨從之一。遷台之後，1952年重返新聞界，受蔣介石資助，赴美國密蘇里新聞學院研習兩年，回台後由蔣親自指派他進入《中央日報》，歷任《中央日報》社長、董事長，以及中央通訊社董事長。可見，曹聖芬之所以能夠在國民黨內脫穎而出，成爲主持重要報社及通訊社的幹部，而且始終受到信任，雖然黨內覬覦其位子的高層人物不在多數，流言蜚語亦層生迭出，但他一直屹立不搖，實緣於蔣介石肯定他患難相隨的行徑，故而一路挺他之故。

　　然而，曹聖芬能將《中央日報》的編務與業務都帶上軌道，甚至一度還在市場競爭中展現出專業化、靈活化的優勢，威脅到《聯合報》、《中國時報》等民營大報，並非只靠黨政高層的關係，其鮮明的人格特質亦有以致之。據業內行家的分析：首先，曹聖芬頗有文人的風骨，他不脫書生本色，始終力主爲社會打抱不平，公開向黃色新聞宣戰，強調勇於負責應從「更正」做起。他強調：「我自己讀報也常發現錯誤，這些除了顯而易見之外，第二天均須在同版原地更正」，他的擇善固執，使他主持的報紙獲得不少讀者的肯定與共鳴。至於他經常懷持經營者的危機感，是因認爲臺灣的報業市場規模有限，

讀者的口味會與時俱進，故而辦報的人絕對不可故步自封，必須不斷面對時代的腳步而充實編採的內容。他常向報社記者指出，成功的新聞事業必須具有永保領先的競爭力，而記者對新聞的敏感度和表達力即是決勝的關鍵。

接觸過他的記者或編輯大都感受到他具有擇善固執、嫉惡如仇的人格特質；其實，大凡保守主義者通常都如此。具有這樣人格特質者，當然往往有其思維上、視野上的盲點，在領導上易流於自以為是的威權主義作派；然曹聖芬因早年曾受名師啟迪，頗知自我反思與檢討，故主持報業時倒兢兢業業，未嘗犯過一意孤行的錯誤。

究其原委，與他早年曾受到文化素養深湛的良師啟迪有關。例如五四時代的文化界健將羅家倫便是其一。曹聖芬出身中央政校，當年由蔣介石自己兼任校長，校務重擔則落在教務主任羅家倫肩上；羅家倫每週發表演講，意在鼓舞學生對中華民族與中華文化的信心，並加強學生的憂患意識，講稿後來編成《新人生觀》一書，曹聖芬從中認清了危機感的重要性。而抗戰期間，重慶時遭日機空襲，蔣介石、文化大老吳稚暉、和作為蔣介石秘書的曹聖芬常在同一個防空洞躲警報，吳稚暉見曹聖芬頗為用功，不時加以點撥。曹聖芬回憶道：「我們在洞中陪稚老海闊天空的聊天，他走的地方多，經驗又豐富，而且智慧高，觀察入微」，尤其是吳每回入洞，必手提一隻防空布袋，裏面裝有五件應急物品，即：藥品、小刀、印章、書籍及日記，「有意無意之間，等於給大家上了危機管理的課。」令他終身感念。

日後曹聖芬主持下的《中央日報》，在新聞報導上力求客觀正確，關於政府政策制定與施政經過，經常有詳明之記載。對國家文獻之保存，具有重大

貢獻；對於各種社會活動，均予適當報導；重視人情味故事，凡好人好事，必加以表彰，以樹立社會之楷模。而且，對於政府錯失、社會黑暗，亦敢予披露和批評，無所隱諱；但它同時注重此類新聞報導的教育作用，以期揭發黑暗之後能指引光明的途徑，抨擊犯罪之後能顯示法律的尊嚴。凡此，均係曹聖芬受益於吳、羅等文化宗師的心得，而反映他在辦報所揭櫫的方針上。

至於注重新聞發佈的平衡，要求儘量運用其篇幅，真實反映當日之各種社會活動，而給予適當比例，則是曹聖芬留學美國密蘇里新聞學院的心得所致。曹聖芬曾撰文宣示：「報紙之所以存在，政府之所以保障新聞自由，乃是要使各種社會活動和社會現象，透過報紙，真實地反映於社會大眾。其善者大家予以讚揚，使之獲得鼓舞；其不善者大家加以檢討，共同促其改進。所以報紙必須公平正直，無懼無私，而自視為社會之公器。」這雖不無為國民黨及《中央日報》作形象宣傳的意味，但多少也反映了他心目中理想的報業環境及夠水準的報紙言論所應遵守的基本原則。

曹聖芬主持下的《中央日報》，另一項創舉是寧願承受財務虧損，也要發行海外版以期擴大影響力；這雖然主要是基於國民黨對海外宣傳的需要，但畢竟使當年缺乏即時中文資訊的華僑，得以迅速獲得臺灣消息，而由於曹聖芬要求在版面上加強對中華文化的內涵及相關的展演活動之報導，亦確實滿足了海外廣大華僑在這方面的需求。

由於曹聖芬被歸類為國民黨內保守派的一員，當蔣經國猝逝，李登輝掌握黨政大權後，他理所當然地失去了發言的舞臺與機會；而當臺灣首次政黨輪替，國民黨下臺而由傾台獨的陳水扁當權時，《中央日報》在市場也陷於一

瀉千里的頹勢。在連戰擔任國民黨主席時，《中央日報》雖已嚴重虧損，仍苦苦撐持。及至曹聖芬於 2003 年 6 月逝世於臺北榮總，三年後馬英九接下國民黨主席，主動宣佈《中央日報》停刊，終於讓這份被公認為代表國民黨的大報畫上了休止符。即使停刊後因顧慮黨員反彈激烈而仍保留了一份電子報的形式，但曹聖芬那個時代的《中央日報》，畢竟已成昨日黃花了。

第五節　楚崧秋（1920-- ）：
國民黨轉型時期的重要報人

楚崧秋是國民黨播遷到臺灣之後，在新聞、文化及言論政策和執行方面的主要代表性人物，負責過黨營的主要媒體如《中央日報》、《中華日報》等的社務和新聞編採、主講寫作等重點任務。由於受到蔣經國的充分信任，他在國民黨內對新聞、出版、意識形態領域都有相當程度的發言權；當蔣經國後期推動改革及開放兩岸交流時，他所主導的《中央日報》是黨內在言論上主要的襄贊力量。蔣經國去世後，他鑒於傾獨聲浪在臺灣逐漸高漲，乃盡力推動跨海峽的文化交流，希望增進兩岸間的瞭解，減少彼此的隔閡與敵意。

因此，作為國民黨在新聞、文化領域的重要執行者，楚崧秋在臺灣報業發展過程中，早期扮演的是管制和輔導的角色，而後期則隨著蔣經國的改革政策端上臺面，他也改變角色，成為開放和交流的襄贊者，從而使他不但得以受到國民黨內開明人士的肯定，也受到不少黨外異議人士的尊重。

楚崧秋生於 1920 年 8 月，出生地是湖南湘潭白雲鄉，1943 年畢業於重慶

中央大學，取得政治學系學士。後因長期投身新聞文化事業，受到外界肯定，曾獲韓國檀國大學榮譽哲學博士、秘魯聖馬丁大學（Universidad San Martin de Porres）榮譽法學博士。他並曾執教國立臺灣師範大學、國立中興大學、中國文化大學、國立政治大學等校，主要講授與新聞系或文化傳播相關的課程。

圖 3-4　楚崧秋

　　1946 年，楚崧秋就讀中央幹部學校研究部 1 期時，擔任蔣經國秘書，其才幹獲得後者的欣賞。國民黨遷台後，1954 年 9 月，楚崧秋由蔣經國推薦入革命實踐研究院黨政軍聯合作戰研究班、國防研究院進修，順利畢業。其後，楚崧秋又獲蔣中正賞識，侍從中文秘書及新聞言論秘書。1958 年，楚崧秋被派任國民黨中央委員會第四組副主任，之後又擔任國民大會新聞秘書。1963 年 11 月起，楚崧秋擔任國民黨第 9 至 13 屆中央委員。1964 年 9 月，楚崧秋擔任《中華日報》社長兼總主筆，兼任《成功晚報》發行人；楚崧秋擔任《中

華日報》社長兼總主筆時，宣示：「新聞第一，言論第一，少刊官樣文章。新聞取捨，只要不背離原則，不可太保守。登我們應登的，去我們不得不去的。」1972 年，楚崧秋轉任《中央日報》發行人兼社長，主導《中央日報》總部從臺北市忠孝西路遷址臺北市八德路，並宣示《中央日報》必須是「黨的政策的前驅和後衛而不僅是信徒，政府施政的諫士和諍友而不僅是護使，社會大眾的良師與益友而不僅是工匠」。1977 年 9 月，楚崧秋轉任中華文化復興運動總會副秘書長 1978 年，他又受命擔任國民黨中央文化工作會主任、國家文化藝術基金會主任。1980 年 7 月，楚崧秋接任中國電視公司董事長，後轉任中馬星文經協會理事長，1987 年 8 月，又轉任中央日報董事長。1986 年 10 月 26 至 30 日，國立中央圖書館舉辦「蔣中正先生與現代中國」學術研討會，楚崧秋在「蔣中正先生之思想學說與行誼組」發表論文《陽明學說對蔣中正先生思想德業的影響》。1987 年 8 月 15 日，楚崧秋轉任《中央日報》董事長，馬樹禮接任中國電視公司董事長。1989 年，楚崧秋擔任中國新聞學會理事長。1990 年 6 月，楚崧秋應邀擔任國是會議代表。

　　由楚崧秋如此頻繁地轉任國民黨內與新聞、言論、媒體及文化政策有關的重要職務，便可看出蔣經國對他的倚重。事實上他在臺灣報業發展過程中，被各方認爲思想尚屬開明、基本上可以溝通的國民黨高層人物，所以，解嚴以後，民間崛起的各新興媒體對他仍維持一定規格的尊重。

　　回顧 1978 年他擔任國民黨中央文化工作會主任，主管文宣系統期間，正是臺灣政局醞釀發生重大動盪的階段，黨內外壓力紛至遝來；及至美麗島高雄衝突事件爆發，臺灣人心惶惶，楚崧秋面對國際媒體的探詢與質疑，因應

尚稱得體。1980 年蔣經國命他繼李煥擔任中視公司董事長，以示慰勉。1987 年，國民黨為免《中央日報》失去競爭力，他再次受命回到該報社接任董事長。1989 年當選「全國報業協會理事長」。1989 年任新聞學會理事長。這表示，在國民黨逐漸失去媒體競爭的優勢之際，他仍被蔣經國及黨政高層視為有可能力挽狂瀾的幹才。然而，從臺灣報業後來的實際發展和演變看來，楚崧秋終於力有未逮，中央日報未能擺脫困境，終於當馬英九任黨主席時，在國民黨財力難以再挹注的情況下宣告停刊。

在為國民黨經營媒體的任務全都告一段落後，楚崧秋轉而奔波在海峽兩岸，為改善兩岸關係，促進國家和平統一的目標貢獻心力。1992 年 4 月南京大學、東南大學（前身為中央大學）建校 90 周年紀念時，兩校校長發函邀請在台校友楚崧秋先生等返校聚會，南京大學聘他為「南大校友總會名譽理事」及「特聘教授」，東南大學則聘他為「東大校友總會名譽會長」。可見大陸的母校也注意到他在新聞文化領域的表現，而給予他適當的肯定。

1993 年元月 7 日，他應上海社會科學院、上海國際問題研究所、上海市臺灣研究會以及臺北的亞洲與世界社邀請，參加在上海市舉行的「二十世紀經濟對海峽兩岸之挑戰」學術研究討會。在研討會舉行期間，大陸海協會理事長汪道涵等主張兩岸加強交流的重要人士在座，楚崧秋與香港報業代表聯合提議在香港舉辦第一屆兩岸三地新聞研討會，得到積極回應。11 月 24~26 日，第一屆研討會在香港舉行，由香港新聞行政人員協會主辦。其後，兩岸三地輪流主辦比項極有意義的研討會，至今已舉辦十屆。楚崧秋強調：「新聞交流不要淪為口號，而要成為加強瞭解和溝通的橋樑」，現在兩岸三地的新聞

交流已熱絡進行中，回溯當年的解凍過程，楚崧秋確實扮演了一個負極的推手角色。

1996 年 9 月他專程返籍探親時，曾應湘潭大學潘長良校長邀請，赴湘潭大學參觀，受到湘大萬餘名師生的熱烈歡迎。爲了紀念他的母親，還從其退休金樂捐人民幣 50 萬元，在湘潭大學人文院設立了獎學基金，湘大師生對楚先生的義舉表示感謝和欽佩。如今楚崧秋已屆九十高齡，但仍對促進兩岸新聞、文化的交流與合作念茲在茲。

楚崧秋在主持經營媒體事業之餘，仍寫作不輟，其著作包括《美國政黨政治之研究》、《輿論與政府》、《義大利的重建》、《美國總統選舉與民主政治》、《滄海微言》、《報與辦報》等。他現住美國三藩市，由妻子陳少熙陪伴，子女均有高學歷，亦皆已成家自立。

第六節　吳三連（1899--1988）與自立報系

在國民黨於臺灣實施戒嚴的時期，雖然仍有少數由本土人士所主持的媒體扮演著常提出異議的角色，但因規模所限，皆未成氣候；惟有由吳三連壓陣的《自立晚報》，曾經發揮相當可觀的影響力。及至蔣經國宣佈解嚴，開放報禁，吳三連更創辦《自立早報》，形成一個隱然與國民黨持不同政見立場的異議報系。吳三連在臺灣報業發展史上的特殊地位，主要奠基於他在國民黨獨大的漫長歲月中，能夠不卑不亢，力守底線，並與被外界稱爲「黨外」的在野勢力巧妙地呼應，終於發揮正面效應，促使國民黨走向民主化的改革之

路。

　　吳三連，臺灣台南學甲人，1899 年 11 月生，最高學歷是東京商科大學（今一橋大學）畢業。曾任臺灣省議員、臺北市長，以及自立晚報、台南紡織創辦人，為日據時期與戰後臺灣民主運動、社會運動及政治運動的先驅人物。

　　吳三連留日期間曾經參與改革臺灣的運動團體「新民會」、「東京臺灣青年會」等組織，並且積極參與過林獻堂的「臺灣議會設置請願運動」；大學畢業後出任大阪每日新聞記者，後於 1932 年返台出任《臺灣新民報》編輯。之後又轉任《臺灣新民報》論說委員、整理部長兼政治部長，一直到 1941 年 2 月，因與日本總督府內的右翼官員發生齟齬而被迫離職。

　　日本投降後，1946 年吳三連參選制憲國大代表選舉，以全台第一高票當選；1947 年又以高票當選中華民國第一屆國大代表；1950 年受陳誠指派出任臺北市長，並且於 1951 年臺北市長民選時得到高票連任，但他始終不曾加入國民黨；1954 年吳三連參選臺灣省議員並且當選，與本土政治人物郭雨新、郭國基、李源棧、李萬居並稱為「黨外五虎將」。此段期間，他不但投入《自立晚報》的經營，同時也參與雷震發起的組黨運動。後來雷震的《自由中國》雜誌因發表反攻無產望論等批評國民黨的言論而觸怒蔣介石，被迫停刊，雷震本人及雜誌社多人更鋃鐺入獄；吳三連幸未受到牽累，在民間的聲望反而更加崇隆，儼然成為臺灣反對勢力的標誌。

　　另一方面，吳三連因其以台南為基地的家族事業一直相當成功，且隨著臺灣經濟發展的腳步而蒸蒸日上，所以他又儼然成為商界實力集團「台南幫」

的重要精神領袖，地位崇高，在企業界有相當分量。由於有龐大實業作爲後盾，吳三連在經營《自立晚報》時便少了財務上的顧慮，不須爲爭取國民黨黨營事業的廣告而瞻前顧後，遂得以秉持客觀、中立、本土的原則，爲當時的臺灣留下一小片言論自由的空間。而在 1980 年代黨外運動勃興時，吳三連因具政商兩棲的大老身份，夠資格與當局協商，故曾多次扮演調和鼎鼐的角色。

事實上，當初吳三連出面主持《自立晚報》之時，正是臺灣政治氣氛森冷肅殺，新聞媒體頻遭打壓的嚴多。繼雷震的《自由中國》雜誌被查封，李萬居的《公論報》也因觸犯禁忌而遭到停刊；正在如此黯淡的時刻，吳三連毅然挺身而出，開始了《自立晚報》的辦報生涯。而蔣介石與國民黨因鑒於吳三連在臺灣本土社會甚孚民望，並考慮到國際社會對雷震案的不良反應，試圖以批准吳三連辦報來挽回國際印象。如此一來，卻爲臺灣媒體界、言論界的持不同政見者留下了一個可以發表異議的園地。

儘管雷震的下獄、《自由中國》的停刊、組黨的中輟，帶給吳三連相當沉重的感慨；可是，他追求社會公義和清廉政風的信念卻未因而放棄。他決定繼承《自由中國》與《公論報》未竟的志業，包括政治立場上對言論自由的爭取及政府效能的改革、媒體環境上獨立報業的繼續及公共領域的表現等，從此成爲吳三連領導下的自立晚報接棒跑下去的目標，由此而延續了政治異議人士的精神傳統。在戒嚴時期的臺灣，在威權統治的森冷環境中，《自立晚報》從 1960 年代開始成爲相當具有感染力的本土報業，並爲當時「黨外」唯一發聲的管道和國民黨證明它治理下仍有新聞自由的象徵。

從創辦自立晚報開始，吳三連即定下了「無黨無派，獨立經營」的基本原則，而自立報系在相對艱難的經營環境下逐步成長，便可視爲這項基本原則的逐步實踐。然而，儘管吳三連是臺灣政壇耆宿，又是「台南幫」精神領袖，爲了安定本土社會的群眾心理，國民黨對他至少在形式上一直表示尊重；但當他接受友人李玉階的邀約入主《自立晚報》時，仍遭到主政者的阻撓。日後吳三連提到個中情由時，輒以「當局基於種種考慮未予允准」一語帶過；但真正原因顯然是國民黨對他存有疑慮。最後，國民黨方面要求讓他們所信任的台南幫政商人士許金德一起加入，並由當時的省政府派國民黨籍的葉明勳擔任社長，形成「三方合作」的局面，始通過吳三連入主《自立晚報》案。可見他必須謹慎以對隱含敵意的辦報環境，幾乎是在夾縫中將《自立晚報》逐漸發展起來的。

但吳三連的辦報信念堅定下移不移。他在自立晚報四十周年時爲該報報史寫序，強調：「報紙爲大眾傳播之主力媒體，其基本功能，在提供正確之訊息與客觀之評論，以服務人群和社會國家。四十年來，本報雖經數度改組，報頭下『無黨無派、獨立經營』之標示迄未變動。這八個字，一方面揭示了我們辦報不偏倚不私新的自我期許，一方面闡明，我們對於獨立報格的堅持。落實於具體新聞和評論方針的，便是我們追求政治民主、經濟繁榮、社會公道之一貫立場。」[58]

吳三連主持《自立晚報》的時代〔1959-1989〕，此一理念的確貫徹始終，尤其在七〇年代到解嚴前後，在臺灣的民主運動最高峰時期，自立晚報更是

---

[58] 《自立晚報》報史編纂小組，《自立晚報四十年》，1989。

意氣風發，左右逢源，寫下了臺灣報業史上獨立報業的一頁。雷震與李萬居在《自由中國》和《公論報》中強調的新聞自由、政治改革理念，最後是由吳三連及其《自立晚報》發揚光大，終於成為臺灣社會的主流意識。

　　報業經營若欲可大可久，除了需要相對開放的發展環境之外，本身的人才、設備、經濟條件和競爭能力，亦是不容輕忽的要素。吳三連經營《自立晚報》，主要的財務支柱來自「台南幫」企業集團。從 1959 年 8 月開始，一直到 1994 年 9 月撤資轉手止，三十五年中台南幫企業集團一直是自立晚報經營資金的主要來源。根據台南幫大老吳修齊的說法，這與他們視吳三連為企業精神領袖有關，台南幫「想協助三連叔完成他生平最重視的服務社會、關懷文化、伸張正義等抱負」，因此《自立晚報》「雖然虧損，台南幫並未因之停止資金的支持」，直到 1988 年吳三連過世、1990 年許金德過世之後，情況才有了轉變。

　　雖然，台南幫投資於《自立晚報》，也不是全無利己的考慮，畢竟，他們一方面需要吳三連在全臺灣的聲望作為企業的金字招牌，另方面，有一份在心理上屬於自己的報紙，也增加了台南幫各個企業之間的一體感；所以，他們對於挹注資金以支持《自立晚報》，確實表現得相當慷慨。而吳三連既在經濟上無後顧之憂，獲得投資集團的完全信賴，故在他領導下的自立晚報雖長處虧損，仍能蓋大樓、添機械，且不斷增資擴張，於 1988 年創刊《自立早報》、1989 年創刊海外版《自立週報》，形成一個與聯合報系、中時報系鼎足而立的自立報系。凡此，當然主要得力於台南幫企業集團對於吳三連志業的高度支持。

　　因此，吳三連的個人條件與自立報系的生存發展密下不可分。有了吳氏堅定的辦報信念及其背後台南幫充沛的資金奧援，自立報系得以在逆境中屹立不移，且一度在解嚴後的臺灣發光發熱。而有了自立報系的媒體效應，吳三連和台南幫亦得以風生水起，順利展業。如此，形成了一個難能可貴的良性循環。

　　吳三連晚年因感體力衰退，需尊醫師囑咐儘量休養，故而不再過問報系例行事務。1988 年 12 月因心臟衰竭逝於台大醫院身後歸葬故里學甲鎮頭港裏淳吉堂墓園。他逝世後，臺灣媒體競爭愈趨激烈，自立報系繼起乏人，且台南幫亦不願一再投資挹注，故而報系終在突兀狀況下轉手給民進黨政商人物，並在 2001 年宣佈停刊，接手的買主還因遣散費爭議與報系舊員工發生司法訴訟。回顧吳三連的畢生志業，對照自立報系倉促落幕的結局，不免令人感慨。

第七節　葉明勳（1913--2009）：臺灣報業發展史的重要參與者和見證人

　　葉明勳是二戰之後臺灣新聞史和報業發展史的關鍵人物之一。他雖並未像王惕吾、余紀忠那樣地親手創辦並主持一個規模盛大的報業集團，但他始終是新聞界的重鎮和楷模，以其平易近人的風範、堅守原則的品操，以及尊重專業的作法，為新聞界立下了可大可小的典範。

　　由於葉明勳一直被認為是臺灣本土的新聞、言論界代表人物，故而即使

在戒嚴時期，社會氣氛肅殺的狀況下，國民黨當局對他亦仍維持相當程度的尊重，使他得以爲臺灣新聞業的發展保留若干元氣；他並參與主持「世界新聞專科學校」的校務與課程規劃，這是臺灣最早的一家新聞專業學校（後升格爲今天的世新大學），爲新聞界作育了甚多人才。從戰後由重慶的國民黨中央社派遣到臺灣，直至 2009 年辭世，六十年來，葉明勳從未離開過與新聞事業有關的崗位，也從未停止過對新聞事業的關心，他在臺灣報業史上的地位，正是奠立在他所提供的具體貢獻上。

圖 3-5　葉明勳

　　葉明勳，1913 年 9 月生於福建浦城，先後畢業於英華書院及福建協和大學。之後擔任協和大學學生訓導長，1943 年奉召到重慶，結業於國民政府中央訓練團。

　　1944 年，葉明勳加入中央通訊社總社。1945 年 8 月奉命為中央社臺北特派員，10 月 5 日隨國府前進指揮所首批人員抵台，接收日本臺灣共同社，由此開始了他在臺灣長達半世紀的媒體人生涯，他歷任中央社臺北分社社長、《中華日報》社長、《自立晚報》社長、《文星雜誌》發行人，參與創辦世界新聞大學、台視公司，任董事長、董事會長駐監察人等職；並長年參與新聞評議人小組、臺北市記者公會等。解嚴後，國府成立二二八專案小組，他擔任共同召集人。

　　葉明勳對報業的興趣，其實可以追溯到他在大學時代所寫的畢業論文：「輿論的形成」，他強調輿論要從民間而來，並指出媒體的報導對於社會輿論的形成具有舉足輕重的影響。此時，他即已決定若有機會，當以做一個優秀的記者為自己的終身志業。

　　1945 年 8 月，中國對日本八年抗戰結束，日軍投降；10 月 6 日，臺灣行政長官公署前進指揮所的全體人員，在臺北賓館舉辦臺灣光復之後的第一次升旗典禮，並由中日雙方代表進行交接談判，當時第一位向全世界發出這一則歷史性重大新聞的記者，就是葉明勳。當時，他是中央通訊社駐臺灣特派員，前一天，他才剛剛由重慶飛抵臺北，那個年代的記者沒有現在多，但同樣有著艱巨的新聞戰要打，採訪到的消息，怎麼樣用最快的方法傳回大陸發佈，就是對駐台記者們的一大考驗。跟葉明勳同行的記者同業們，多半採取海運方式，把寫好的新聞稿送上船，運回大陸發刊，但這樣做很費時，熱騰騰的新聞到讀者手上時，已經活活變成歷史，而且沒多久之後，同業們就發現，臺北的重大新聞，大陸各報早就已經透過葉明勳的第一手報導獲知。原

來葉明勳早在人還在重慶時，就已經預先商請松山空軍先遣單位電臺，協助他把新聞電訊，從臺北的空軍電臺，轉播到重慶的空軍總部，再由空軍總部送到中央社總社發出，隔天就可以在海內外見報，記者發稿用盡辦法搶第一時間，葉明勳早在最初到臺灣擔任特派員時就做了示範。

由於在新聞界表現得非常傑出，當時蔣介石派到臺灣擔任行政長官的陳儀曾一再延攬葉明勳到政界做官，而要他放棄待遇較低、工作較辛苦的新聞事業，但為他婉拒。此後，蔣介石與國民黨播遷抵台，葉明勳又遇過多次被高官政要延攬從政的事態，但他一律推辭。後來他曾透露，如果他要做官，國府遷台後的第一位新聞局長就是他，不過，他寧願從事新聞工作，深入民間，為廣大的者服務。其實，他的性格與官場文化格格不入，不去做官是極明智的抉擇。

葉明勳不僅參與主導臺灣多家重要報社的編採作業與言論走向，1962年臺灣第一家電視臺——臺灣電視公司成立，他也扮演了重要角色，所以後來出任台視的常駐監察人多年，對台視的新聞團隊之建立、業務方針之規劃，著墨良多。因此，在臺灣媒體事業的範疇內，無論平面媒體抑或電視媒體的發展，葉明勳均不只是歷史的見證者、紀錄者，也是實際的策劃者、參與者。

位在臺北木柵的世新大學，是臺灣第一所新聞專業學校，1956年成立時，葉明勳是發起人之一，也曾擔任董事、副校長等職；1991年世新創辦人成舍我逝世，葉明勳接下世新董事長，帶領世新從專校轉型學院，再改制為大學，孕育了數以萬計的新聞專業人才。現任世新大學董事長、即成舍我的女公子成嘉玲曾在接受採訪時明確指出：「葉董事長領導董事會，對我們只有支持，

如果我們碰到什麼困難，都是他有的時候幫我們解決，所以在我們看來，我們做校長的人會覺得，非常地放心，有些事情我們也敢放膽去做。有些改革，我們覺得也不用很顧忌。所以世新有今天，我覺得當然創辦人是創辦這個學校，可是我覺得世新能夠脫胎換骨，能夠進步，我覺得是葉董事長的功勞。」對葉明勳的尊崇與感激，可謂溢於言表。

而葉明勳的豐富經歷，不只在新聞界與學術界，1960 年代在臺灣新興的廣告業，與標示著臺灣經濟發展的一般實業裏，葉明勳也都曾扮演掌舵者的角色。解嚴後臺灣進入多元價值互相激蕩的時代，藍綠陣營間缺乏互信，由於葉明勳是朝野均尊敬和信任的人，所以都常請他出面擔任溝通的中間人。葉明勳認為這是為臺灣民主化、現代化出力，所以，只要是需要他的地方，他都沒有缺席。葉明勳的人格特質，讓他能不分藍綠，知交滿天下，這也證明他多年在新聞界的表現，被各方公認是理性、容觀且公正的。他的女兒葉文心指出：「他這個人是朋友多，黨派少，就是他重友情，他無所謂黨性，他其實他絕對不是所謂的黨棍。所以他很多事情，他是能夠就事論事。他對於公權力公平地分配這一點，也就是說真正意義的民主文化，他是有高度的熱情的。」

一生以新聞記者自詡的葉明勳自己固然成就非凡，翻開他的家族網路，也個個都在歷史上佔有一席之地。他的妻子嚴停雲，筆名華嚴，是華人社會知名的作家，創作的數十本小說膾炙人口，許多都改編成電視連續劇；華嚴的祖父嚴復，是清末民初最重要的思想家之一；華嚴的姊姊辜嚴倬雲，是已故海基會董事長辜振甫的夫人，因此辜振甫即是葉明勳的連襟。 但儘管背景

顯赫，葉明勳平常與朋友之間的交遊，卻不帶絲毫的貴氣或僚氣；朋友眼中的葉明勳，永遠是個態度溫和的讀書人。

這就是在臺灣報業史上烙下深刻印記的一代報人葉明勳。2009年11月，他以九六高齡辭世，臺灣上從政商高層，下至市井民眾，莫不深表哀悼。

第八節　黎智英（1948--）與異軍突起的《蘋果日報》臺灣版

黎智英本是報業的門外漢，既非新聞界出身，又無相關的學歷或資歷，甚至對媒體態度、新聞倫理持冷嘲熱諷的態度，但他主導的《蘋果日報》卻在港臺都締造了報紙市場的奇蹟。他的蘋果日報發跡於香港，以羶色腥、八卦題材、扒糞、狗仔隊聞名於世，對業內人才採高薪挖角、高壓運用、快速拋棄的現實主義作風。

本來，當他揚言要進軍臺灣報業市場時，臺灣媒體人大多認為以香港《蘋果日報》的取向與作風，未必能為平均水準較高的臺灣讀者所接受；但事實證明，自從臺灣版於2003年5月2日創刊以來，短短一年即已達到收支平衡，其後便開始進入贏利階段。在《蘋果日報》入台前，臺灣本是《自由時報》、《聯合報》及《中國時報》等三大報系鼎足而立的局面；蘋果一來，不但迅即形成四報爭雄的新局，而且，就報份而言，它如今已竄居第二（僅次於自由時報），就獲利率而言，更屬一枝獨秀。由此可見，以八卦、扒糞為主要賣點的報紙，在日益都會化的臺灣確實有相當可觀的讀者群，看來，黎智英之

所以自信滿滿，並不是沒有他的理由。

圖 3-6　黎智英

　　黎智英會形成他那一套令正規新聞科系出身者瞠目結舌的媒體經營哲學，與他早年辛苦掙扎、血淚奮鬥的經驗，當然密切相關。據他在回憶錄中指出：當年孤身從大陸偷渡到香港的他身上只有一元港幣，到達香港後當童工，月薪 8 美元。後來得人啟發努力讀書，曾經當過銷售經理，在投資股票上獲利豐厚，創辦佐丹奴時裝連鎖店，他經營的成衣銷售公司佐丹奴一夜成名，創造巨大財富，黎智英由此擠身列入富豪之列。他把業務逐漸擴展至大陸，在北京、上海、廣州、深圳等地開始分店。1990 年將佐丹奴時裝店股權出售，創辦《壹週刊》，1995 年創辦《蘋果日報》，開始踏上傳媒大亨之路。現在旗下報刊雜誌包括《壹週刊》、《蘋果日報》、《忽然一周》、《飲食男女》

等。由他的憶述可知，他早已深知貧窮的痛苦，且深諳市場經濟運作的法則，從而琢磨出他自己的經營之道。

　　黎智英跨入香港媒體市場之際，為了與《東方日報》、《成報》等當時香港銷量最高的報紙爭奪市場大餅，他採取咄咄逼人的價格策略，用買《蘋果日報》送蘋果等招數廣為招徠，結果證明他的看法確實敏銳且正確，讀者果然為低價加贈品的策略打動，使《蘋果日報》一上市即熱銷，逼使其他報紙不得不也採取同樣的低價競爭手法。然後，他發動一波又一波價格上的「割喉戰」，迫使後續財力不足的多家小報退出市場。一輪廝殺的結果，多家老牌報業成為犧牲品，而《蘋果日報》得以接收它們所退出的廣告份額，以挹注繼續從事割喉戰的資金。直至現在，《蘋果日報》仍是香港最暢銷報紙的第二位，僅次於《東方日報》，而他旗下的《壹週刊》更則長年高踞香港雜誌銷量之首。

　　後來他意識到香港印刷媒體市場會逐漸飽和，毅然決定進軍臺灣。在 2001 創辦臺灣《壹週刊》、 2003 年創辦臺灣《蘋果日報》，06 年在臺灣創辦免費的《爽報》，每日發行約 10 萬份，其廣告收益已可抵銷該免費報的成本開支。時至今日，臺灣版的《壹週刊》及《蘋果日報》均成為了最暢銷的報刊之一，也均已可給黎智英帶來豐沛的商業利益。

　　於是，黎智英更興起揮軍擴展到臺灣電視界的念頭，並劍及履及地展開相關的籌備作業。他起初找馬英九的愛將、傳播學者出身的金溥聰擔任總經理，但金溥聰對他強調要大量以刺激閱聽大眾感官的動畫來提供所謂「動新聞」的理念，不以為然，所以進入壹傳媒集團不到半年便急流勇退，掛冠而

去。但黎智英堅持他的想法，「試播」了不少對暴力殺戮事件與色情裸露情節加以「動畫化」的新聞，結果引起臺灣社會譁然，臺北市下令禁止在公共場所播出這類「動新聞」。受此影響，臺灣主管電視傳播的國家通訊傳播委員會（NCC）一直不通過黎智英對電視頻道系統的申請案。由於設台時程延宕過久，壹傳媒的財務負擔沉重，黎智英終於決定不等取得設台執照，即先透過專播「數位電視」內容的系統於 2010 年底開播，並以免費贈送可收視數位電視節目的「機頂盒」作為促銷手段。這堪稱黎智的一場豪賭，他能否在有線電視的經營上也自成格局，「動新聞」的渲染性作法又是否能經得起閱聽大眾的考驗，尚屬未定之天。

黎智英的《蘋果日報》臺灣版，其言論走向在臺灣政治光譜上雖被歸類為淡綠，但它其實並無一定的政治立場。一般而言，主流的報紙多以政治、經濟、國際等議題作為頭版新聞，是《蘋果日報》的頭版則是以本地的八卦新聞、社會新聞為主，且往往以大篇幅報導此類新聞。由於不時出現未經查證卻聳人聽聞的報導，當事人認為名譽受到損害，憤而提出告訴，使該報多次與被報導人進行法律訴訟。

有讀者與民眾認為，《蘋果日報》的內容有過多無關緊要的花邊、八卦新聞，不但與公眾利益不相符，並可能助長社會不良風氣，其刻意煽色腥的嘩眾作法，尤其與臺灣社會原先的公序良俗相背反，實與媒體人應遵守的專業倫理南轅北轍。但也有人認為，《蘋果日報》經常獨家揭露各種弊端，並能破除偶像崇拜（尤其是對政治人物或演藝界明星的崇拜），這樣的新聞正滿足社會大眾需求，反應時代風氣。

　　《蘋果日報》除了在取材比率上，八卦、揭弊、暴力、色情明顯偏高之外，動輒以獨佔整個版面的大幅照像或圖片為賣點，亦是黎智英所強調的特色。《蘋果日報》常將傳統上認定為煽色腥的裸體照、清涼照、走光照、偷拍照、屍體照、血肉模糊的照片等大剌剌地刊出，甚至以大版面刊登在頭版；這種刻意刺激感官的手法，當然會引起見仁見智的爭議。為了演示所謂「動新聞」的效果，遇到命案、自殺事件、車禍、名人婚外情等題材時，《蘋果日報》更常以逼真的連環示意圖，巨細靡遺地描繪事件流程，誇大渲染犯罪及殘暴的情節。例如 2006 年 11 月臺中市長胡志強夫婦車禍受傷，《蘋果日報》頭版刊載邵曉鈴流血送醫照片，法界人士認為已侵犯當事人隱私權及人格權，胡市長雖表示不願追究，但該報懍於眾怒難犯，隔日自行刊登聲明道歉，表示將來在車禍照片的選擇及處理上會更加謹慎；可見黎智英雖然態度強悍，為拉抬報份不惜干冒社會的大不韙，但有時也會自我節制，避免樹敵過多，難以善後。

　　黎智英的壹傳媒集團進入臺灣總共不過九年，從籌辦臺灣版《壹週刊》到創辦《蘋果日報》，皆很快便能在市場上建立穩固的基礎，進而呼風喚雨，衝擊當地先前市占率較高的平面媒體，足見他那敏銳的眼光、剽悍的作風，以及現實而功利的經營理念，確對原先講究專業水準、新聞倫理，並以政治新聞掛帥的臺灣傳媒業構成強烈的衝擊，甚至也引導了相當部分的讀者改變買報、看報的習慣。就這個角度來看，黎智英對臺灣報業發展的影響，誠然不容小覷。

附錄：黎智英的大事表

1948 年 出生在貧窮的廣東農村，十二歲那年，他乘著舢舨船偷渡到香港，進入成衣工廠當童工，月薪八美元。 他一路經營自己，做到成衣廠的經理，卻因公司的一場記過處分，下定決心自己創業。

1981 年 成立佐丹奴（Giordano）成衣連鎖店，快速打響名號。獨創快速交貨系統（Speed-sourcing），美國的 Wal-Mart 和 GAP、英國的 Next 和 FRENCH CONNECTION、義大利的 BENETTON、日本的 Fast Retailing 都曾學習其經營模式。

1989 年 創辦《壹週刊》（Next），正式進入媒體事業。

1995 年 繼發行量破紀錄達到 15 萬本的《壹週刊》後，又創辦《蘋果日報》，發行量超過 70 萬份，此時他擁有的財富已超過 5 億美元。

1995 年 6 月 創辦「蘋果速銷」（adMart），以線上零售為主，虧損 10 億港幣（台幣 40 億元）。

2001 年 創辦臺灣《壹週刊》

2003 年 創辦臺灣《蘋果日報》

第九節　詹宏志（1956--）
與壯志未酬的網路原生報

　　目前網路上隨處可見的「電子報」，大半是由本已在出刊發行的平面報紙，將其內容分類後掛上網，有時再加上該報記者或評論員即時新撰的文字、圖檔，以發揮網路媒體較平面媒體更為迅速的「時效性」；無論歐美先進社會或當前華人社會的網路報，大抵皆是平面報紙的副產品。而所謂「網路原生報」，則是指並無實際出刊的平面報紙作為母體，其記者或作者所提供的報導、評論、圖片、專文，皆只掛在網路上，而非由平面媒體轉刊而來，因此稱為「原生報」。

　　當初，在網路風潮大盛、商業前景看好的時代，臺灣曾出現一家規模頗為可觀的網路原生報，定名為《明日報》，由於其創辦人詹宏志是橫跨媒體、出版、網路及文化界的各人，一時間成為眾所矚目的新生事物。但不幸的是，熱鬧開張的《明日報》卻只維持了一年零五天的壽命，即告猝然殞落，徒然為臺灣報業發展史留下了一則令人欷歔的故事。

　　《明日報》創辦人詹宏志生於 1956 年 3 月，是臺灣南投縣人，最高學歷只是臺灣大學經濟系夜間部畢業，在碩士、博士比比皆是的臺灣媒體界，他的學歷殊不足道；但他的經歷與成就十分豐富而多元，既是著名作家、編輯、出版人及電影人，又是銷路不俗的雜誌集團網路家庭和城邦文化創辦人，而且是網路事業中以門戶及財金網站著稱的 PChome Online 董事長。他並曾任臺灣許多出版及資訊相關產業協會的董事及理監事職，及臺北市雜誌商業同

業公會理事長。在創辦《明日報》之時，他在媒體業界是炙手可熱的紅人，甚至是業內許多年輕人的偶像，「詹宏志現象」一度成為臺灣文化界熱烈討論的課題。

《明日報》在詹宏志一手主導下，於 2000 年 2 月 15 日創刊，員工二百八十人，創刊資本一億四千萬元。當時，人望甚隆的詹宏志大聲疾呼，廣召臺灣媒體人跳槽，在網路新聞、個人網站或者報台尚未普及時，《明日報》提供比實體報紙更具及時性的即時新聞，獲得很高的點擊率。該報一度似乎顯得頗具前景，發行後幾個月間，股票就從一股 10 元，在市面私售價飆到一股 43 元。

《明日報》開辦時，號稱每天提供 1000 條新聞，遠超當時兩大平面報紙所辦《中時電子報》和「聯合新聞網」的 600 條新聞標準。詹宏志的設想是，記者隨寫隨發稿，不需像平面媒體那樣經過重重把關、篩選、潤稿，所以每人每天發稿量定可超過 10 條。但實際運作之後，記者提供的新聞量遠遠達不到這個要求。為此，《明日報》大肆擴充，維持在 280 名員工以上，人事費用沉重。2000 年，《明日報》的廣告收入約 6000 萬元新臺幣，不足支付每個月 3000 餘萬元的基本費用，一年虧損即高達 3 億元。為此，詹宏志開始四處尋求後續資金的注入，進行了救亡圖存的努力，但未能獲得金主的認同，終於不得不在 2001 年 2 月 21 日召開記者會承認失敗，宣佈停刊。[59]

---

[59]侯吉諒，〈明日報留下的啟示〉，載《民生報》2001 年 2 月 24 日 A2 版。

圖 3-7　詹宏志

　　探究明《明日報》在只撐了一年零五天即告猝然殞落的原因，主要有三：其一，當時詹宏志對網路事業的前景過份樂觀，認為只要搶先創辦網路媒體，將其知名度打開，則願意投資的金主必將爭先恐後而來；可是，《明日報》創辦之際，美國正開始進入網路泡沫化的階段，網路商機的幻滅還連帶拖累了美國股市。臺灣產業界、媒體界對美國的情況十分關注，認為既然代表美國網路事業興衰的納斯達克指數一瀉千里，此時當然亦不宜在臺灣與網路相關的事業上大肆投資；所以，當《明日報》疲態畢露時乏人問津，終面臨財盡援絕的窘境。其二、對〈中時電子報〉、聯合新聞網等以平面報紙為母體的網路新聞，在品質和深度方面的競爭力估計不足。事實證明，這些以母報為後盾的網路報導，對受眾的吸引力尚超過「網路原生報」。其三、由於原先對網路事業的前景過份樂觀，詹宏志竟疏忽了對《明日報》的商業模式的規劃，

因此，《明日報》的營收主體雖確定是廣告收益，但究竟何時廣告收益可與人事、管銷等成本達成平衡，卻無具體核算，以致一旦資金即將告罄，頓時慌了手腳。

《明日報》一年的廣告收入僅約新臺幣四千萬元，和每年二億元管銷成本相比，少得可憐。眼看陷入困境，詹宏志不斷與當初曾表示想入股《明日報》金主們洽談，希望能說服他們注資或並購，但與他洽談的金主都以「肯定明日報價值，但發覺獲利模式有問題」為理由，紛紛打退堂鼓。其間，詹宏志亦曾前往香港與《蘋果日報》老闆黎智英洽談，但最後因顧忌黎智英被大陸官方列為黑名單，若由黎智英吃下《明日報》，恐影響 PC home 集團進入大陸，遂打消了合作念頭。

之後，詹宏志轉向與臺灣固網董事長孫道存、富邦集團副總裁蔡明忠等人進行融資或入股談判；臺灣固網展開對《明日報》人力資源及財務狀況的查核，並雇用網路調查公司瞭解明日報在網路媒體上的排名。報告出爐，在各網路新聞台中，《明日報》僅次於中時電子報居第二，使用者對《明日報》滿意度達五成；此項查核報告一度使詹宏志以為可有轉機，但數日後事情急轉直下，臺灣固網不再表示興趣。詹宏志知道大勢已去，開始思考停刊止損以及遣散、善後的方案。

2001 年 2 月 21 日，詹宏志召集所有員工談話，解釋《明日報》停刊的痛苦決定，他在給員工的信上表示：「在新聞的表現上，在網路特性的探索上，《明日報》工作同仁的出色都讓我感到驕傲，你們沒有做錯什麼，錯的是下

決定並籌措資源並做這件事的人」。[60]顯然，詹宏志一肩擔起失敗的責任，爲使員工不致於全數受到衝擊，《明日報》推薦 150 名員工給正在招聘人員的香港《壹週刊》，《壹週刊》則承諾對推薦名單無條件全數聘用，但員工仍然有權選擇接受推薦或接受資遣。這當然是詹宏志與黎智英早已談妥的善後方案，使得《明日報》可以大幅撙節依法本應付給被遣散員工的資遣費，而黎智英則不需培訓費用就接收了百多名可以立即上陣的資深媒體工作人員，誠屬明智的互利安排。

對於有臺灣媒體才子、趨勢專家之稱的詹宏志而言，從雄心勃勃地創辦《明日報》，到黯然宣佈停刊，不過才短短一年時間，卻已著著實實地賠去了三億元台幣，而且證明其對趨勢的判斷顯然有誤，不能不說是一大挫敗。好在他並未爲因此而一蹶不振。他表示，一般人往往不能正視自己的錯誤，明日報是他最大的錯誤，可是他勇於面對，正視自己的錯誤。

無論如何，作爲華文世界的第一份「網路原生報」——《明日報》，雖因主客觀條件均不足而快速殞落，但在臺灣報業發展史上畢竟留下了嘗試與努力過的軌跡。而作爲其創辦人，詹宏志也畢竟將他辦報的想法在網路上實踐了一回。

---

[60]侯吉諒，〈明日報留下的啓示〉，載《民生報》2001 年 2 月 24 日 A2 版。

第四章　巨變的時代——
臺灣新聞事業現狀與趨勢

　　臺灣的新聞事業，經歷過日治時期的壓抑、光復初期的混亂、報禁時代的桎梏，在 1980 年代和 1990 年代攀上高峰。然而時代的車輪在不停滾動，平面媒體早已不再是人民吸收資訊的唯一選擇。在閱報率普遍下滑，加上網路媒體、手機媒體、有線電視、免費報紙等新形態媒介的不斷衝擊下，臺灣的報業正面臨著江河日下的危險。

　　在本章，我們將探討臺灣新聞事業所面對的現狀和時代趨勢，以期探明未來新聞事業所要走的道路。

第一節　臺灣報業總體現狀

　　據臺灣通訊傳播委員會（National Communication Committee，簡稱 NCC 或通傳會）的統計資料，截至 2009 年 6 月 30 日爲止，臺灣地區平面媒體的總體情況是：報紙業共 2037 家，通訊社業 1367 家，雜誌出版業 5949 家，圖書出版業 10258 家，有聲出版業 7667 家。與 1999 年 1 月 25 日臺灣正式廢止《出版法》前相比，各類平面媒體的數量都有明顯增加，其中，尤以報紙業和通訊社業的增長最爲明顯，增幅分別高達 455.04% 和 474.37%。（見表 4-1）

表 4-1　臺灣地區《出版法》廢除前後平面媒體數量對比

平面媒體類別	1999 年 1 月 25 日統計資料（家）	平面媒體類別	2009 年 6 月 30 日統計資料（家）	數量增幅
報社	367	報紙業	2037	455.04%
通訊社	238	通訊稿業	1367	474.37%
雜誌出版業	5884	雜誌出版業	5949	1.10%
圖書出版業	6380	圖書出版業	10258	60.78%
有聲出版業	1960	有聲出版業	7667	291.17%

資料來源：根據 NCC 及其他相關資料整理

　　然而在報業和其他平面媒體數量大幅增長的「表面繁榮」之下，臺灣平面媒體業的實際利潤空間卻是不斷下滑。臺灣報業近年來廣告經營情況持續低迷，相關資料顯示，1998 年臺灣報業廣告總量為 215 億元新臺幣，2007 年為 137 億元，2008 年為 111 億元，均遠不及《出版法》廢止前的廣告總量，2008 年的廣告額幾乎只有十年前的一半。2009 年上半年，臺灣報業廣告量又進一步縮減至 46.3 億元，比起 2008 年同期的廣告量 62 億元，同比下滑達 25.32%。[61]

　　相較於 2007 年，2008 年除了報業的廣告量萎縮明顯外，雜誌業和有線電

[61]楊志弘：《臺灣地區傳播產業發展現狀與未來》，載崔保國主編《2009 年：中國傳媒產業發展報告》，北京：社會科學文獻出版社，2009 年 5 月。

視業也呈現廣告量下滑的情形，而無線電視、廣播和戶外媒體廣告則是小幅成長的局面。（見圖 4-1）

圖 4-1　2007-2008 年臺灣地區傳統媒體廣告量變化情況（單位：百萬元新臺幣）

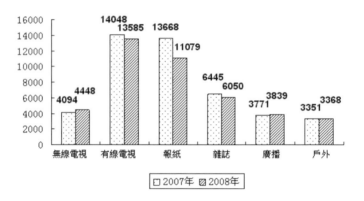

資料來源：臺灣《動腦》雜誌 2008 年臺灣總廣告量調查

事實上，在臺灣所有媒介形態中，報業的廣告份額自 2000 年以來下滑最為顯著。正是由於臺灣報業廣告量的顯著下降，2008 年較 2007 年相比下降 18.94%，2009 年上半年較 2008 年同期下降 25.32%，才連帶使得臺灣自 2004 年以來，整體廣告量一直處於下滑狀態之中。（見圖 4-2）

圖 4-2　2004-2008 年臺灣地區整體廣告量變化趨勢（單位：百萬元新臺幣）

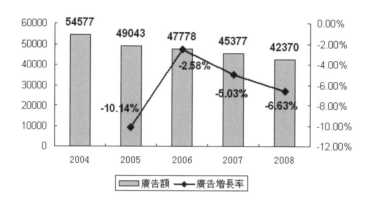

資料來源：臺灣《動腦》雜誌 2008 年臺灣總廣告量調查

　　從圖 4-2 中可以看出，近年來臺灣媒體的整體廣告量一直處於下滑狀態之中，連年出現負增長，這可以說與臺灣報業廣告量的大幅度下滑脫不了關係。另一方面，從臺灣報業廣告占總廣告量的份額中，也可以看出臺灣報業廣告相對於其他媒介廣告的萎縮趨勢。（見圖 4-3）

圖 4-3　2004-2008 年臺灣地區各媒體廣告量份額變化

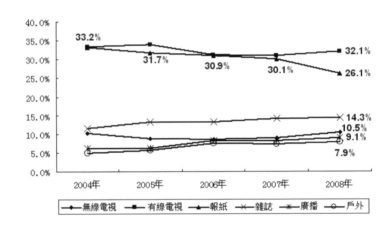

資料來源：AC Nielsen 媒體大調查

　　從圖 4-3 中可以看出，臺灣報業廣告占臺灣地區廣告總量的份額從 2004 年的 33.2%下降到 2008 年的 26.1%，可以說，臺灣報業廣告地位岌岌可危。由於臺灣一般報業的廣告收入大約占到整體收入的 60%至 80%，廣告收入和比重的下滑，也表明了臺灣地區的報業正逐步走向衰落。

　　此外，我們還可以從臺灣地區民眾各類媒體接觸率的變化中看到同樣的趨勢。（見圖 4-4）

　　從圖 4-4 中可以清晰地看出，臺灣地區報紙媒體在所有媒體中的接觸率排行，從 2005 年第二季度的位居第三位，往後不斷下降，並於 2007 年第四季度被網路超越，下降到第四位，到 2008 年第四季度其接觸率僅僅只有42.8%，已經落後網路 4.4 個百分點。

図 4-4　2005-2008 年臺灣地區各媒體接觸率變化

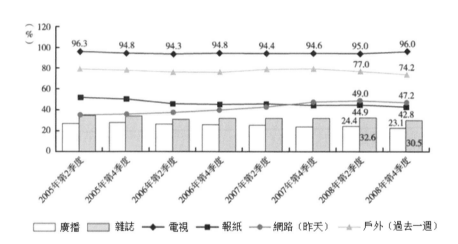

資料來源：AC Nielsen 媒體大調查

　　另一方面，根據 2008 年發佈的「AC 尼爾森 2007 媒體大調查」顯示，臺灣地區報紙媒體的使用者性別比情況爲：男性占 50.6%，女性占 49.4%；使用者以 25-44 歲年齡段最多，佔據 48.8%，45-65 歲者其次，佔據 31.0%，而 12-24

歲的使用者僅為 20.2%；使用者受教育程度方面，國中以下占 21.8%，高中占 14.0%，大專以上占 40.7%；使用者工作狀況方面，工作者占 63.0%，學生占 15.3%，家庭主婦占 13.9%，其他占 7.8%。

「尼爾森 2007 媒體大調查」還顯示了臺灣地區報紙媒體的市場結構變化情況，綜合報所占比重從 1997 年的 94.1%上升到 2007 年的 96.5%，財經專業報從 3.9%下降到 3.4%；日報從 1997 年的 97.2%上升到 99.0%，晚報從 11.7%下降到 2.3%；全國報從 1997 年的 92.8%上升到 98.2%，地方報從 12.3%下降到 2.3%。

至於報紙的獲得方式上，也呈現顯著的變化。訂閱報紙的比例明顯下降，從 1997 年的 66.2%下滑到 2007 年的 41.2%；與此同時，零售管道則有明顯上升的趨勢，從 1997 年的 20.0%增長到 2007 年的 32.8%。此外傳閱、公司／學校提供也有小幅上升。（見圖 4-5）

事實上，在臺灣地區，過去包含《聯合報》、《中國時報》在內的主要報紙，一般而言訂閱的比例都要略高於零售，例如《聯合報》的訂閱／零售比大約是 6：4。然而在 2000 年之後，以《蘋果日報》為首的新興報紙則更多地專注在零售管道上，其中《蘋果日報》作為臺灣當前的第一大報，其訂閱／零售比是極不均衡的 1：9，《蘋果日報》的崛起可說間接導致了臺灣讀者整體報紙獲得方式的轉變。

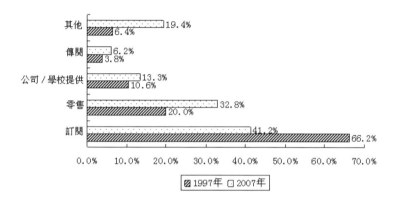

圖 4-5　臺灣地區讀者報紙獲得方式之變化

資料來源：AC Nielsen 媒體大調查

　　在報紙發行量方面，由於臺灣的發行量稽核制度（ABC）始終未能起到足夠的作用，加入稽核機構「中華民國發行公信會」的報紙目前僅《自由時報》一家（《蘋果日報》當初首先加入發行公信會接受稽核，但目前已退出），雜誌方面也只有《壹週刊》和《商業週刊》兩家加入而已，因此對於臺灣報紙的發行量，並沒有真正具公信力的排行。但依照各報自行公佈的發行量資料，參照民眾閱報率等方面的資料，一般認為臺灣發行量排名第一的大報為《蘋果日報》，其次為《自由時報》，兩報日發行量均在 60 萬份以上（依照中華民國發行公信會的資料，《自由時報》在 2010 年第四季度的平均日發行量為 66 萬 3833 份），排名第三和第四位的分別是《聯合報》與《中國時報》，日發行量約在 40 至 50 萬份左右。

　　而在民眾的閱讀率方面，根據臺灣世新大學公佈的「2008 年媒體風雲排行榜」，臺灣民眾最常閱讀的報紙是《蘋果日報》，占 44.2%，排名第二的是《自由時報》，占 34.1%，《聯合報》（25.1%）和《中國時報》（20.5%）分列三、四名。

　　此外，在臺灣民眾對各大報的觀感方面，根據世新大學的調查，《蘋果日報》在報導最詳細、內容豐富多樣、最優質等方面排名第一；《聯合報》則被認為是最具深度、最公正客觀、最具國際觀的報紙。整體而言，在對個人影響力最大的報紙調查方面，《蘋果日報》以 18.5% 拔得頭籌，它也被認為是對臺灣社會影響力最大的報紙。（詳細評鑒指標見圖 4-6）

圖 4-6　臺灣地區報紙評鑒指標比較

報紙評鑑指標綜合比較

指標／報別	蘋果日報	自由時報	聯合報	中國時報
內容最具深度	★	★	★★	
內容最豐富多樣	★★★	★	★	
報導最詳細	★★★		★★	
最能提供專業知識	★	★	★	
最具國際觀	★		★	
最具台灣本地特色	★	★★		
最公正客觀	★		★	★
最好／最優質	★★			
對個人影響最大	★★			
政治立場最明顯		★★★		
最值得信任		★	★	★
對社會影響最大	★★			

〈註〉☆☆☆：表示比例在20%以上　　　　☆☆：表示比例在15.0%~20.0%以下
　　　☆：表示比例在10.0%~15.0%以下　　　　　　　　　　　25

資料來源：世新大學「2008 年媒體風雲排行榜」

　　另一方面，在臺灣最大的門戶網站——Yahoo!奇摩 2010 年 5 月公佈的「第五屆理想新聞媒體大調查」中，《蘋果日報》連續五年蟬聯臺灣民眾心目中的「理想報紙」第一名，獲得 35%的民眾支持；亞軍是獲得 30%支持度的《自由時報》；《聯合報》（22%）和《中國時報》（14%）分別排名第三、第四位。在閱讀率方面，有 18.4%的臺灣民眾每天會閱讀《蘋果日報》，其次是《自由時報》的 18.2%，《聯合報》和《中國時報》的閱讀率分別為 14.5%和 9.3%，排名與民眾心中「理想報紙」的順序一致。

　　同時，在「第五屆理想新聞媒體大調查」中，《蘋果日報》還獲得「最佳娛樂新聞」和「最佳體育新聞」兩項第一；而《聯合報》雖然在「理想報紙」排行和閱讀率方面均僅列第三，但卻獲得了「最佳政治新聞」、「最佳財經新聞」、「最佳國際新聞」三項最佳，並在專業度、正確性、公信力、教育功能、深度、社會關懷、國際觀等七項指標上被臺灣民眾票選為第一，獲評第一的指標數量上甚至超越了《蘋果日報》。顯見《聯合報》雖然發行量已經遠不如報禁開放前的兩大報時代，但其影響力以及在臺灣民眾心目中的地位，依然不可小覷。（詳細指標見圖 4-7）

　　同時該網站還調查了一般臺灣民眾的媒體使用行為，發現有 77.6%的民眾每天至少看一次電視，電視仍然是最具影響力的媒體；其次依序為網際網路（76.8%）、報紙（31.5%）、廣播（27.9%）和雜誌（9.2%）。報紙雖然仍名列民眾最常接觸的媒體第三名，但其影響力已遠遠落後於電視以及新興的網路媒體了。

圖 4-7　第五屆理想新聞媒體大調查結果（報紙部分）

■報紙類：

理想媒體名次	報紙	得票比率	評比第一名的新聞指標	最佳分類新聞
1	蘋果日報	35%	娛樂價值、生活資訊、具即時性、影響力	最佳娛樂新聞、最佳體育新聞
2	自由時報	30%	地方結合程度、立場明確	
3	聯合報	22%	專業度、正確性、公信力、教育功能 深度 社會關懷、國際觀	最佳政治新聞、最佳財經新聞、最佳國際新聞
4	中國時報	14%		

（註：計算理想媒體之得票比率時，因四捨五入的關係，各媒體得票率的總合非 100%）

資料來源：Yahoo!奇摩

第二節　當前臺灣報業發展的主要趨勢

一、免費報盛行

　　發行和廣告向來是報業的兩大主要收入來源。早期報紙收益來源以售報所得為主，後來隨著廣告逐漸形成氣候，加上發行成本逐漸上升，臺灣報紙收益來源逐漸轉變為發行、廣告各半，甚至以廣告收入為大宗的情況。在報禁開放前後那段臺灣報業的繁榮期，《聯合報》、《中國時報》等主流綜合類報紙的收入來源中，發行收入和廣告收入的比重大致為 4：6。

　　然而，由於競爭激烈，加上廣播電視及網路的興起導致民眾對資訊付費

的觀念發生了變化，越來越多免費的資訊獲取管道（電視、網路、手機等）的湧現，都對傳統付費報紙的市場不斷產生衝擊。另一方面，大眾交通工具的興起，特別是地鐵，產生了另一個得以接近具購買力人群（上班族和學生）的機會，針對這些族群的免費報因此應運而生，並逐漸在臺灣盛行開來。1995年瑞典《地鐵報》（原名《斯德哥爾摩旁記》）的崛起和迅速成長，無疑是給全世界免費報紙發行者注入一劑強心針。

除了大專院校的學生實習報刊和一些團體、企業發行的內刊外，臺灣最早的免費報，當屬1995年《臺灣立報》副刊所獨立出來成立的《破報》（POTS）。該報為週刊，效仿美國紐約市的《村聲雜誌》，專門提供文藝、環保、社會運動等方面的資訊，且附有社會新聞，初始發行2000多份，中間經歷過停刊，到目前仍持續發行，當前發行量在8萬份左右。

臺北捷運（即地鐵）從1997年通車後，就開始湧現出以「地鐵族」為主要發行對象的免費報。如《捷運週報》、《捷運快報》、《Life生活新聞報》、《交叉路》等。當時臺北捷運每日搭載的乘客人數超過90萬人次，特別是在上下班的尖鋒時段，人潮極為可觀；臺灣最大的人才招聘網站——104人力銀行的一份調查顯示，捷運的乘客（主要是上班族和大、中學生）每天在捷運系統內從等車到搭車，平均花費30至40分鐘，而這正是最好的報紙閱讀時段；毫無疑問，每天近百萬人次的捷運乘客，對廣告客戶具備很大的吸引力，免費捷運報也就應運而生了。

這些免費報紙著眼於通勤上班、上學族群，以廣告作為唯一收入來源，但在初期，因為報紙的內容與編排水準一般，經濟效益也不好，大多壽命短

暫，甚至出現了有經營者因負債累累而自殺的悲劇，所以這些早期的地鐵免費報影響並不大。

直到進入 21 世紀後，免費報概念才真正被樹立起來，並得到一定的發展。2000 年 5 月 20 日，《自立晚報》在臺北發行《臺北捷運報》，自我定位為都市小型報，內容以生活資訊、影劇娛樂新聞等為主，發行量一度達到 15 萬份；但在 2001 年《自立晚報》停刊後，《臺北捷運報》也隨之結束。

其後，陸續有《風報》、《聯合捷運報》、《中晚捷運報》（由高雄《中國晚報》在臺北地區發行）、《民眾捷運報》等捷運報相繼問世，但大多數免費報紙發行量仍然很低，廣告營收也微乎其微，停刊時有所聞。2004 年，聯合報業推出了一份編排精美的免費報紙《可樂報》，該報 4 開 24 版，以年輕讀者為閱讀對象，內容以知識性、生活百科、消費訊息等民生新聞為主，每天在地鐵送出 10 萬份，其發行量之大，影響之廣，使臺灣報界對免費報關注起來。

到了 2006 年 10 月，臺灣《蘋果日報》又發行了免費的《爽報》，搶攻臺北免費報市場。基本上，《爽報》可以被視為是《蘋果日報》的濃縮版，依然用《蘋果》現有的印刷設施以及現有編制人員，以此降低成本；其內容則以娛樂、社會、八卦新聞和醜聞為主要賣點，其發行量每日高達 15 萬份。目前，臺灣彈丸之地，免費報卻興起成風。類似的還有免費《捷運報》，每週發行 3 次，每次發行 1 萬多份；以及 2006 年 9 月中時報系將贈閱的《中國時報》濃縮版，也改為地鐵報，內容不再是副刊，而改為重大焦點新聞。這些免費報興起，是傳統報刊面臨困境之後所尋求的最新出路之一。

　　隨後，2006 年 12 月，聯合報系以 1 億 4008 萬元台幣高價買下大臺北捷運站內的獨家通路經營權，《Upaper》因此成為大臺北捷運站內唯一合法發行的報紙，並於 2007 年正式登場，與《爽報》展開捷運報大戰，競爭的同時，共同為各自報系利益而搶佔臺灣報業市場。

圖 4-8　聯合報系下屬之捷運《Upaper》

　　這些免費報鎖定的都是利用捷運（地鐵）通勤的上班族和學生族群，隨著臺北捷運線路的不斷擴張，及高雄等其他大城市的捷運逐步開通，捷運報可說已經成為了臺灣報業競爭的一個新戰場。儘管到目前為止，免費報的發行量尚無法與傳統付費報紙相比，廣告收益也遠遠不足以達到自負盈虧的水

準，但對於正在逐步走下坡的臺灣傳統報業經營者而言，這至少是報業經營的一條可能的發展道路。

二、報業競爭惡質化、內容八卦化

　　報紙具有滿足民眾資訊需求的目的，但同時也有需要維持自身獲益、生存與發展的經濟屬性，這兩者在有些時候會出現矛盾，特別是在市場競爭加劇、利潤空間變薄時，難免會出現報業把賺錢當作第一位，而暫時忽視了滿足民眾「知的權利」的現象。支庭榮（2004）指出傳媒具有資訊組織（收集、加工和傳播資訊的基本功能）、利益組織（追求利潤最大化和資本積累的屬性）和管制對象（作為政府的宣傳工具或管制對象，具備意識形態的屬性）這三重特性，因此也使得媒介的經營管理涉及因素更複雜，更難尋找到平衡之道。

　　在報禁開放前，臺灣主要報刊大致上還屬於「文人辦報」的性質，在政府對內容、印刷張數和辦報資格的嚴格管制下，報業商業化程度有限，雖然報業仍然追求自身利潤的增長，但並不會為了利潤而不顧一切，對於新聞的客觀準確性、言論的深度和引導性等，均保有足夠的重視，體現了「為民喉舌」的作用。

　　然而 1988 年報禁開放後，報業一夕之間從半管制狀態進入了無管制狀態，整個經營模式向著一般企業管理的方式靠近，許多財團介入報業的經營。但與此同時，有線電視、互聯網等新媒介形式的興起卻又瓜分了受眾的注意力，使得報業市場呈現僧多粥少的局面。激烈的市場爭奪戰之下，報業競爭開始逐漸變得惡質化。

　　真正從「文人辦報」轉向「商人辦報」的轉捩點，一般認為是從《自由時報》的大贈獎活動開始。《自由時報》所有人林榮三以營建和房地產業起家，在他眼中報紙的經營模式與其他商業並無差異，挾聯邦建設集團的雄厚財力，《自由時報》砸錢不手軟的報紙行銷方式，徹底改變了整個臺灣報業的格局。

　　1992 年，《自由時報》舉辦「12 周年回饋讀者，6000 兩黃金大贈獎」活動，只要讀者預付報費即可參加抽獎，特等獎高達黃金 2000 兩，價值超過台幣 2000 萬元；整個活動的獎品、獎金總值超過台幣 1 億 6000 萬元。此後，《自由時報》又先後推出「訂報抽兩億黃金」（1993 年）和「每日對股市現金抽獎，5 億連環大贈獎」（1994 年）等，獎額一次比一次高。

　　每次活動在《自由時報》的刻意營造下，皆以全程電視實況轉播的方式公開抽獎，這幾次史無前例的事件行銷，使得《自由時報》的知名度一夕之間上升到和傳統的兩大報——《聯合報》及《中國時報》比肩的地步。再加上《自由時報》以大規模、不惜血本的贈報方式來衝高發行量，臺灣自此形成三大報「三足鼎立」的競爭態勢。然而在此同時，報紙的管理和行銷方式也愈來愈趨向一般商業運作的模式，報紙完全成為一種純粹的商品，為了擴大商品的銷量，任何手段都是可以被接受的。報紙的文化傳承和社會教化等功能，在這股商業化浪潮下，似乎顯得無足輕重了。

　　如果說《自由時報》在行銷方式上改變了臺灣的報業生態，那麼《蘋果日報》的進軍臺灣，則是更加徹底地從內容和風格上造成了報紙的革命，使得臺灣報業競爭不可避免地愈來愈惡質化、低俗化。

　　1990 年代，臺灣已經出現了外報搶灘的現象，這進一步加劇了臺灣島內媒體競爭的激烈程度。到了二十一世紀，香港壹傳媒集團的強勢登陸，更吹皺了臺灣報業市場的一池春水。《壹週刊》在 2000 年進入臺灣，《蘋果日報》則在 2003 年登陸臺灣，由此打破島內的媒體平衡。

　　《壹週刊》與《蘋果日報》的辦報方式與臺灣本地媒體迥然不同。這兩家媒體市場化程度更強，以服務市民為宗旨。它們的辦報方式，常以社會新聞作頭條，輔以衝擊力很強的照片，直接挑戰臺灣傳統報刊。在內容上，入台的香港報紙專事揭露名人隱私，低俗獵奇，十分煽情，風格迥異。尤其是《蘋果日報》對政治議題報導更加詳細，且評論尖銳，更為吸引人。雖然《蘋果日報》登陸臺灣至今不過幾年，但據 AC 尼爾森的資料，該報閱讀率卻已占臺灣第一，而在世新大學、Yahoo!奇摩網站等機構所做的調研中，《蘋果日報》都是臺灣民眾最喜愛、接觸率最高的報紙，徹底顛覆了當年本土三大報壟斷市場的局面。外報登陸，給臺灣本土報紙以嚴重的挑戰，臺灣幾大報系的報紙不得不全力應對，有些甚至邯鄲學步，學習《蘋果日報》以社會、八卦新聞為主，增加色彩和圖片的應用，報導和編排風格也更加煽情、聳動，這又進一步加劇了島內報刊的競爭強度。

圖 4-9　《蘋果日報》極度八卦化、煽情化的版面設計

此外《蘋果日報》入台時還大舉挖角其他各大報刊的人才，以平均高出同業 30%到 50%的薪酬吸納了大批原先供職於其他報社的人員，導致各大報損失慘重。報業大戰的戰場從「搶市場」、「搶讀者」蔓延到「搶人才」，《蘋

果日報》完全商業化、市場化的作風一方面改變了市場的格局，另一方面也迫使臺灣主要報刊在管理和經營制度方面進行改革。

　　從《壹週刊》到《蘋果日報》進軍臺灣，一系列小報化、市場化、八卦化的趨勢，對臺灣報紙新聞呈現風格的影響主要有幾點：

1. 新聞的娛樂化：娛樂新聞雖然是許多民眾所關心的領域之一，但畢竟其重要性和影響性通常不如嚴肅的政治、社會、經濟類新聞，因此過去各大報雖然均有娛樂類版面，但很少把娛樂新聞當做最重要的事件來處理。例如 1995 年臺灣知名歌星鄧麗君過世當天，《中國時報》雖然在頭版刊登了這則新聞，但當天頭版還包含了三則政治新聞，而二版、三版也仍以政治、社會新聞為主，處理鄧麗君過世新聞的篇幅並不大。然而到了 2003 年，港星張國榮自殺事件後，《聯合報》、《中國時報》、《自由時報》三大報均以多達三、四個全版，加上大幅的照片來加以報導。可以說進入二十一世紀後，在臺灣報業市場，娛樂新聞已經登堂入室，逐漸成為能夠和嚴肅新聞比肩的重要新聞題材了。

2. 性新聞：《壹週刊》和《蘋果日報》等壹傳媒旗下媒體的特性之一，就是對暴力、色情等「羶色腥」新聞的重視和誇張報導，因為這類新聞本就是許多民眾喜愛窺探、獵奇的目標。原本在臺灣主流報紙上，對於性醜聞、賣淫、性犯罪等新聞多半只是在社會新聞版面上小幅處理而已；但受到《蘋果日報》影響，這類新聞不但篇幅愈做愈大，版面愈來愈靠前，而且報導的詳盡、生動程度也與過去不可同日而語。特別是在《蘋果日報》以誇張的漫畫、圖片來輔助報導，甚至在網站上利用「動新聞」還原現場的推波

助瀾下，這些與「性」有關的話題似乎已經成為報紙的新賣點了。

3. 犯罪新聞：與性新聞類似，犯罪新聞過去在臺灣主流報刊上雖有一席之地，但多半是以較小的篇幅來處理，僅止於陳述事件本身，對於殺人、搶劫等犯罪事件發生的過程、來龍去脈等，通常並不會詳細描述。然而《蘋果日報》卻恰恰把犯罪新聞當作主要賣點，不僅大篇幅、圖文並茂的報導，而且對於犯罪的過程、手法和當事人之間的關係等，更是巨細靡遺，使得讀者幾乎產生身歷其境的感覺，充分滿足部分受眾獵奇的心理。受到《蘋果日報》影響，臺灣其他主流報刊也加重了對犯罪新聞的報導。然而《蘋果日報》主導的這種做法，在臺灣廣受批評，因為根據犯罪心理學研究，對犯罪過程、手法過於仔細、生動的描寫，會產生很不利的社會影響，甚至誘發模仿犯罪行為。

4. 新聞廣告化：「廣告」與「新聞」的區隔一向是傳統新聞倫理的重要原則，以銷售商品為目的的廣告必須有明確的標示和界限，以避免讀者混淆了新聞資訊和廣告資訊。但在報業競爭日趨白熱化、惡質化的時代，許多報紙為了吸引廣告客戶，不得不一再讓步，除了擴大廣告版面、把廣告放在更顯著的位置外，甚至願意睜一隻眼閉一隻眼，默許廣告和新聞之間的疆界模糊，以至於出現了「新聞廣告化」、「廣告新聞化」等現象。從 2003 年起，《聯合晚報》、《中時晚報》等報紙均不時出現整個頭版全是整幅的廣告，二版才出現真正新聞的現象，而且廣告版面上並沒有打上「廣告」二字，廣告內容也不乏真正由記者寫作的「類新聞」內容，讀者根本無從分辨，可謂「假到真時真亦假」。而把報紙完全當作商品經營的《蘋果日報》

更直接宣稱，歡迎任何形式的廣告創意，報紙版面可以隨時配合。

5．生活新聞：過去各大綜合報刊上雖有生活類資訊，如美食、購物、旅遊等，但多半是在報紙的第三或第四落，不被重視，報導內容也十分簡短、單調（許多都是直接引用廠商的公關稿），雖然後來有《民生報》等被稱為「吃喝玩樂報」的報紙出現，但在篇幅、報導方式、信息量等方面依然無法滿足民眾對這類資訊的需求。但《蘋果日報》的出現卻改變了這一切，《蘋果日報》除了重視「羶色腥」新聞外，另一個特點就是對生活類資訊提供得極為完善，從美食地圖、穿衣搭配、旅遊建議到購物指南，可以說在方方面面都滿足了一般民眾的生活所需；《蘋果日報》不僅是一份報紙，更在某個程度上成為臺灣許多民眾的生活小幫手。從這點看，《蘋果日報》的影響不全是壞的，它填補了過去其他報紙在生活新聞方面的不足，進一步滿足了讀者的需求。

McManus 指出，當報社開始用企業管理手法來製作新聞時，在市場導向驅力下，讀者、新聞、發行量這三個傳統概念，已經被消費者、商品與市場三個概念所取代，而新聞產品也就不再具有自身的特殊性，徹底成為與食品、汽車、服裝等沒有區別的商品了[62]。其實，把報紙當作商品來經營，未必全然是壞事，因為在過去，編輯和記者對新聞的取捨，很多是基於個人所為的專業判斷，或者上司、同事和整個組織的考量，反而「讀者」因為概念非常模糊，缺乏回饋機制，報社很少會真正在乎受眾的需求。而市場主導的新聞運

---

[62] J. McManus, "A Market-Based Model of News Production", in 《Communication Theory》, 1995, 5(4):301-338.

作，正是要求報社必須充分瞭解、回應讀者（消費者）的需要，避免只追求不切實際的影響，同時還能減少採編人員個人偏見的影響，令報紙更能切合社會的實際需要。[63]

圖 4-10　《蘋果日報》善用圖像來塑造新聞臨場感

　　《蘋果日報》的成功，說明了市場導向的報業經營方式，確實有可取之處，而《蘋果日報》對生活類、消費類新聞的重視，也在一定程度上造福了臺灣民眾。然而，在市場化、商品化的同時，該如何避免廣告對新聞的侵蝕，以及新聞內容的進一步惡質化、低俗化，則是臺灣報業當前的一大難題。

[63]蘇鑰機〈完全市場導向新聞學：蘋果日報個案研究〉，陳韜文、朱立、潘忠黨編《大眾傳播與市場經濟》，香港爐峰學會出版社，1997。

三、網路報紙崛起

與全球趨勢相一致，當前臺灣地區的年輕人對讀報興趣日淡，報紙閱讀率日益下降，閱報人口逐漸出現老化現象。在 AC Nielsen 的調查，在臺灣地區所有媒體的接觸率中，報紙僅僅排名第四，落後於電視、戶外媒體和網路，其接觸率為 42.8%，也就是有超過一半的臺灣民眾不再讀報，尤其是年輕人的讀報比例下降極快。

其實早在 1974 年，國科會委託政治大學傳播學院所做的「臺灣地區民眾傳播行為研究」中，就發現在當時的電視、廣播、報紙、雜誌、電影這五大類媒介中，有 77.44% 的民眾花在電視上的時間最多，只有 16% 的民眾在報紙上花最多時間。可見報紙早已受到廣電媒體等其他媒介形式的衝擊，只不過 1990 年代以來，互聯網的興起又加劇了報紙市場的萎縮。

事實上，自從 2007 年互聯網超越報紙而成為臺灣地區接觸率第三高的媒體後，兩者的差距愈來愈大，到 2008 年互聯網已經領先報紙 4.4 個百分點之多。互聯網可以說是 1990 年代以來最大的媒體革命，其不受時空限制、信息量近乎無限、具有高度的互動性和個人性等特性，使得它在短短十餘年內就成為成長最快、最受年輕人喜愛的媒體形式。

為了因應網路媒介這項無可阻擋的趨勢，同時也在平面媒體市場日益下滑的背景下尋找其他出路，臺灣許多報紙從 1990 年代開始紛紛設立網站，提供即時、豐富且免費的新聞與各類資訊。

1995 年 9 月，《中國時報》集團率先成立「中國時報系全球資訊網」，後改名《中時電子報》，為臺灣報業進軍網路的先驅。《中時電子報》原本附屬

於《中國時報》下屬的中時電子報中心，後於 1997 年併入時報資訊公司（成立於 1989 年，是臺灣第一家擁有取得加值網路服務執照的公司），成為《中國時報》下屬的網際網路事業部，採利潤中心制。

2000 年，中時網路公司宣佈「One Brand， One Site」理念，將中時集團旗下的網站整合在 www.chinatimes.com 這個網址下，成為綜合性的商務及媒體網路平臺，旗下共包含 12 個網站：中時電子報、中網理財網、中網娛樂網、中網Ｙ邦網、中網生活網、中網科技網、中網兒童網、人力萬象網、中時購物網、中網廣告聯播網、時報悅讀網、愛女生網等。

目前，《中時電子報》除了提供綜合性新聞、國內外照片外，並運用網路新科技持續推出博客（臺灣稱為「部落格」）、RSS 資訊推送等服務，讓網友對於新聞不只是單向的接收訊息，還可以雙向互動，實踐 Web2.0 的網路體驗。其內容來源包括中時集團內《中國時報》、《工商時報》、《旺報》等報刊上的見報新聞；另外也節選了包括中央社、美聯社等通訊社提供的新聞內容，以及《時報週刊》的內容和中天新聞台之影音新聞等。除此之外，《中時電子報》中的中時部落格，從 2005 年開始每年舉辦「全球華文部落格大獎」，可說是博客圈的年度盛事，每次皆吸引了數千個華文博客寫手報名參加。這可以說在一定程度上，延續了當年時報副刊在華語文學界中的影響力。

《聯合報》進軍互聯網較晚，但憑藉集團的影響力和充沛的資源，很快在臺灣網路媒體界佔有一席之地。1996 年，《聯合報》集團成立研究小組，針對互聯網環境下的媒體情勢進行分析。在研究的基礎上，1999 年成立《聯合新聞網》，迅速成為極受歡迎的電子報網站，單日流覽量在兩個月內便突破

200 萬，並曾入選為全世界 100 大熱門網站之一（也是當時唯一入選的中文網站）。

2000 年，《聯合報》集團進一步成立聯合線上公司（udn.com），2001 年聯合線上成立理財網，至此 udn.com 這個平臺旗下共包含了八大網站：聯合新聞網、聯合理財網、聯合追星網、聯合運動網（MVP168）、聯合旅遊網、人事線上、聯合知識庫、聯合電子報。

其中聯合知識庫可說是《聯合報》在網路媒體時代的一大壯舉。資料庫查詢可以說是網路媒體的一大特色，對讀者快速檢索自己所需的資訊有極大的幫助。但對於傳統平面媒體而言，想把過去基於鉛字印刷的內容轉換成網路資料庫中的數位化內容，是一項極為耗時費力的工作。

聯合知識庫 2001 年上線時，僅僅能夠提供過去兩年的新聞內容檢索。但《聯合報》很快展開了把過去數十年新聞資料加以數位化的工程，由於當時市面上沒有現成的軟體可以滿足需求，《聯合報》只能自行開發包含資料庫、檢索技術和轉換軟體在內的多項技術。從 2001 年起，分別在總社及位於林口的印刷廠中展開報紙內容數位化的大工程，平均每月完成 12 萬則新聞的數位化轉換。到了今天，《聯合報》成立近 60 年來的超過 1000 萬則新聞，都已經進入了聯合知識庫當中，大大方便了讀者的尋找和閱讀。《中國時報》的新聞資料庫也在同一時期展開了歷年新聞資料的轉換和數位化工作，到如今，這兩大報的電子資料庫已經成為整個臺灣新聞事業的寶貴資產。

在《聯合報》和《中國時報》帶動下，臺灣許多報紙都在 1990 年代末期投入電子報的行列，包括中央社、《自由時報》、《大成報》、《國語日報》、《中

華日報》、《臺灣新聞報》、《臺灣立報》等均紛紛成立自己的網站。

　　此外，第一家「網路原生報」——《明日報》也在 2000 年誕生，標榜每天出報 12 次，即時性遠超傳統報刊，「個人新聞台」模式更開創了新聞個人化和互動化的先河。在當時互聯網欣欣向榮的情勢下，不少人相信這種完全存在於網路上的新形態報紙，就是媒體的未來。然而恰好碰上席捲全球的網路泡沫化，使得《明日報》僅僅一年後就不堪虧損而停刊。至今臺灣也沒有再出現類似《明日報》這樣完全不依託任何傳統媒體的純粹網路報，「網路原生報」似乎成為絕響。

　　2003 年登陸臺灣，一石激起千層浪的《蘋果日報》自然也不會忽視對互聯網的利用。「壹蘋果網」（tw.nextmedia.com）是臺灣《壹週刊》、《蘋果日報》、《爽報》等壹傳媒集團下屬刊物共用的網路平臺。憑藉著《壹週刊》和《蘋果日報》極強的市場影響力和話題性，壹蘋果網也迅速成長為臺灣最受歡迎的新聞網站。根據臺灣《數位時代》雜誌公佈的 2010 年臺灣網站 100 強榜單，臺灣排名第一的新聞類網站是東森集團的《今日新聞網》（www.nownews.com）（東森為臺灣最大的有線電視集團，也是最大的綜合媒體集團），在所有網站中排名第 25，其次就是壹傳媒集團的「壹蘋果網」（總排名 30），排名第三和第四的分別是中時電子報（總排名 34）和自由時報電子報（總排名 49）。

圖 4-11 臺灣流覽量最大的新聞網站《今日新聞網》

值得一提的是，壹傳媒集團於 2009 年 11 月開始在壹蘋果網上推出「動新聞」，採用寫實的、充滿聲光效果的動畫來重新詮釋重大新聞事件，特別是在暴力、性侵等新聞題材方面，由於動畫製作過於寫實，令讀者容易產生身歷其境的感受，因此惹出極大的話題和爭議性，飽受許多社會團體抨擊，甚至曾被臺北市政府以違反「兒童及少年福利法」罰款 50 萬新臺幣。

無論如何，媒體的網路化已經是無可阻擋的浪潮，無論成功與否，臺灣各大報紙幾乎都在進行網路化的嘗試，從最早的報紙內容上網，到資料庫的開發與運用，演變至今，報紙網站已經遠遠超過了「電子報」的範圍，而成為以資訊服務為主的綜合性網站，例如《聯合報》和《中國時報》的網路平臺就涵蓋了財經、旅遊、時尚、電子商務、人才招聘甚至旅遊等方面的服務。而在 Web 2.0 時代，報業集團也在不斷探索博客、微博、社交網站等模式和報業網站的結合。

四、報紙監管逐漸放鬆

　　整體而言，臺灣地區政府對報業的管制呈現先緊後鬆的趨勢，從早期以種種法規、行政命令來鉗制新聞出版的自由，到後來解除「報禁」、廢除出版法，管制不斷放寬，到了今天，幾乎可以算是「無管制」的狀態了。

　　說到過去臺灣政府管制新聞的最主要利器，莫過於「出版法」，這部實施長達近 70 年的法令，在過去的臺灣一直是「文字獄」、禁書、查封報刊雜誌的代名詞。「出版法」公佈於 1930 年 12 月，當時的國民黨政府為推行反共政策，對新聞出版採取嚴格管制的措施，制定了「出版法」，以限制新聞、出版的自由。國民黨撤守臺灣後，為了繼續維持一黨專制，又先後多次修改「出版法」，到 1999 年廢除為止，共修訂了 6 次，分別在 1935 年、1937 年、1952 年、1958 年、1973 年及 1997 年。[64]

　　「出版法」從頒佈到廢止，經過近 70 年的演變，從字面上看，該法主要包含了登記、處罰、獎助三類功能。其中登記和處罰兩部分給予了行政機關很大的解釋和裁量權，只要違背主管機關想法的報紙或出版物，均可能被引用「出版法」的條文加以禁止登記、警告、罰款甚至是禁止發行。(《出版法》詳細條文內容見附錄 1)

1. 登記功能：「出版法」的第 2、3 章是對出版品的發行登記規定。其中「出版法實施細則」第 12、13 條對發行人的資格限制，已於 1997 年 9 月修正該細則時刪除；另外，登記應載明的事項如資本額的登記亦已形同虛設，

---

[64] 王天濱，《臺灣新聞傳播史》，臺北：亞太圖書，2002。

故「登記」項已無限製作用；至於出版資訊的收集，則可由「公司法」和「營利事業登記規則」來規範。

2. 處罰功能：「出版法」第 5 章是對登載事項的限制，因時勢變遷，最後階段只執行第 32 條第 3 款禁止「觸犯或煽動他人觸犯或妨害風化罪」，而其餘條款皆已失去作用，而由此而來的第 6 章相應行政處罰方式也只有「扣押」仍在執行。而對出版品的處罰辦法在「刑法」及其他相關法令已有規範，故已無需「出版法」另行規範。

3. 獎助功能：「出版法」第 24 條規定，對新聞雜誌教科書及經官方獎勵的重要專門著作的發行可免征營業稅，廢除「出版法」後因仍有「營業稅法」第 8 條免征營業稅的規定，故廢止「出版法」對此並無影響。

在「出版法」歷年修正中，爭議最大的一次是 1958 年的修正案，共修訂了 18 條條文，其中最重要的是增加了對違法出版品可「撤銷登記」的規定。原本「出版法」第 36 條中，對違反「出版法」規定的出版品，行政機關得給予的處分有「警告」、「罰鍰」、「禁止出售、散佈或扣壓出版品」以及「定期停止發行」四種，但 1958 年的修正案卻賦予了行政機關可以直接撤銷出版單位登記許可的權力，無疑是一種釜底抽薪的做法，使得新聞界人人自危。為此，《聯合報》、《自立晚報》等報刊多次撰文批評這條規定，臺北市報業公會還向立法院遞交萬言書表達抗議，然而最後該修正案仍於 1958 年 6 月 28 日通過，從此，「出版法」真正成為懸在臺灣所有報人頭上的一把利劍。[65]

此後「出版法」雖然又經過數次修改，但每次修正僅是針對內容進行微

---

[65] 同上。

調，並無實質改變。其中 1997 年的修法僅是為配合加入世界貿易組織，而針對「出版法」的兩項條文作了修正，其他諸多已嚴重阻礙新聞、出版自由的條文並未作任何變動。因此，可以說「出版法」自 1973 年修正後，20 多年來並未隨著臺灣社會生態的變化而進行與之相一致的調整。

出了「出版法」自身對新聞出版自由的限制外，在戒嚴時期，臺灣地區政府還以戰時資源緊缺為由，對臺灣報紙施行了各種嚴格的限制措施，後來被統稱為「報禁」。1951 年 6 月頒佈報業從嚴限制登記令，不再核發新的報業登記證，使得臺灣的報紙數量一直被限制在 31 家。此後又陸續頒佈「限印」（報紙不得在報社登記地以外的地區印刷）、「限紙」（限制報社用紙數量）和「限張」（每天發行的報紙篇幅不得超過一大張半，後經各報社努力爭取，增加到三大張）等，其中限證、限印、限張三項規定即為有名的「三禁」。內有「出版法」作為法源，外有「報禁」以行政命令的手段來加以掣肘，層層限制使得臺灣在戒嚴時期的新聞自由始終舉步維艱。

1987 年，臺灣政府宣佈解除戒嚴狀態，「報禁」也隨之解除，造就了臺灣報業欣欣向榮的一段時期。但「出版法」依然在實施，進入 1990 年代以來，臺灣有關當局也多次承諾要修改、甚至取消「出版法」。1997 年 7 月，在臺灣行政院新聞局舉辦的「共塑出版業美麗春天跨世紀」研討會上，與會出版界代表提出應修訂「出版法」的建議。次年 2、3 月間，新聞局出版處草擬了「出版法」修訂草案，希望刪除「出版法」中不合時宜的規定，如放寬發行人條件限制、允許海外媒體在台發行、言論限制事項大幅縮小等。在 5 月間由報業、圖書業、雜誌業等主要出版業界代表召開的有關修訂「出版法」的

研討會上，近半數代表認爲在目前「出版法」的架構下，難以修訂成合乎時代所需的法令，並且目前「出版法」的管理事項已有其他相關法令管理規範，故「出版法」已無繼續存在的必要。同年 8 月，新聞局陳報行政院，建議廢止「出版法」。1999 年 1 月 12 日，臺灣立法院院會通過廢止「出版法」案。實施長達 69 年的「出版法」，到此才正式走入歷史。

進入 21 世紀後，在「出版法」和「報禁」雙雙廢除的背景下，臺灣的新聞出版業進入了海闊天空的新時代。但在對新聞出版自由幾乎毫無限制的現在，許多人也開始憂慮，「無法可管」是否真是好事？

過去，臺灣的新聞事業主管單位主要是行政院新聞局和交通部，其中在 1971 年到 2006 年 2 月間，新聞局是全臺灣大眾傳播事業的最高主管機關，是廣播、電視、電影、出版品等各式傳播媒體的主要監理單位，也是過去政府用以控制媒體的主要機構。而交通部則負責統籌郵政、電信、廣播（包括電臺廣播、電視廣播）等三大與傳媒相關的領域，諸如通信執照審核、電波頻譜分配等工作均由交通部管理。

到了 2005 年 10 月，臺灣仿效西方體制，通過了「國家通訊傳播委員會」（NCC）組織法，2006 年 3 月正式成立 NCC，成爲臺灣一切通訊傳播事業的最高管理機構。NCC 除了接管過去交通部關於廣播電視方面的一切職權外，還在很大程度上取代了新聞局關於電波管制、通訊規範和法規執行等方面的許可權，新聞局則改以扶持臺灣新聞傳播產業發展爲主要工作。NCC 的組織架構參見圖 4-12。（國家通訊傳播委員會組織法見附錄 2）

圖 4-12　NCC 組織架構圖

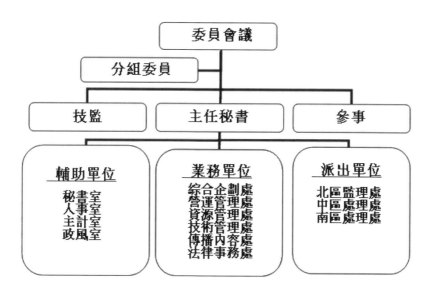

　　NCC 的出現在一定程度上落實了臺灣憲法中保障言論自由的精神，並遵守黨政軍退出媒體的精神，新聞事業自此改由獨立、自主的第三方機構來管理，確保新聞傳播事業不至於成為執政黨的禁臠。然而由於 NCC 主要接收的是過去交通部的管理許可權，規範對象主要是廣電事業、電信以及互聯網等領域。而在報業和出版領域，「出版法」早已廢止，新聞局的權力又被大大縮編，使得報業幾乎成了三不管地帶，沒有任何的主管機關或法令能夠對臺灣報紙的新聞或言論起到有效制衡作用。

　　誠然，新聞內容如果出現違反一般民法、刑法之處，例如誹謗、損害名譽、侵犯隱私等，則仍然可援用相關的法令來加以限制。但除此之外，對於

由《蘋果日報》帶頭引致的報紙低俗化、八卦化、羶色腥化，則幾乎沒有任何辦法加以限制。這使得臺灣眾多學者和社會人士疾呼「新聞需要自律」，不能因為新聞自由得到充分體現就忘卻了報人所應有的道德良知。

由於報紙競相報導各類爭議性話題以及暴力、色情類新聞，以吸引讀者眼球為唯一目標，商業化色彩越來越濃，使得臺灣媒體的內容愈來愈不受民眾信任。2006年，愛德曼公關公司調查包括澳大利亞、中國大陸、香港、印度、日本、馬來西亞、韓國、新加坡、臺灣等國家或地區之媒體受信賴程度，結果臺灣敬陪末座。另外據法國無疆界記者（Reporters sans frontières，or Reporters without Borders）組織於2006年10月24日發佈的全球新聞自由指數最新年度評比，臺灣由前一年之51名進步為43名，排名較日本之51名、美國之53名為高。但臺灣媒體受信賴程度於另一調查中卻僅1%，為亞太最低。

2010年6月，臺灣立法院初審通過「兒童及少年福利法」修正草案，規定報刊雜誌不得刊載描述犯罪、使用毒品、自殺、暴力、血腥、色情等方面的細節文字或圖片，由於《蘋果日報》正是以巨細靡遺地報導犯罪、色情類新聞的細節而著稱，故此項修正案又被戲稱為「蘋果條款」。這被稱為是臺灣少年及兒童保護團體的一大勝利。

然而，由於「兒童及少年福利法」修正案也僅能就犯罪新聞的細節陳述和圖片運用方面加以規範，對於整體的報導方針、版面編排和言論導向等仍是無從置喙，因此對臺灣報業的低俗化、商業化走向影響恐怕甚微。以當今的監管和法令環境，想要避免臺灣報紙進一步的惡質化，唯有期待記者和編輯人員的自律了。

五、置入性行銷蔚為風潮

自解除「報禁」以來，臺灣的報業百家爭鳴，競爭愈來愈激烈，加上《蘋果日報》所帶來的商業化、八卦化風潮，使得臺灣的報紙愈來愈接近純粹的商品，以獲取利潤為唯一目標。而在當今臺灣報業的種種亂象中，「置入性行銷」可以說是報紙商業化最極致的表現。

「置入性行銷」（Placement Marketing，中國大陸有時譯為「植入式行銷」），或稱為產品置入（Product placement），是指廠商刻意地將想要營銷的商品、服務、品牌或符號等事物，以巧妙的手法置入媒體資訊中，以期藉由媒體的曝光率來達成廣告效果。[66]置入性行銷也是廣告的一種，廠商需為置入資訊而向媒介支付報酬。但由於這類資訊並未標明屬於廣告，而且巧妙地隱藏在一般性的節目內容中，受眾往往並不一定能察覺這是一種行銷手段。「007」系列電影可以說是置入性行銷最經典的案例，電影中主角所戴的手錶、用的鋼筆、開的跑車全都是廠商付費「置入」的廣告資訊。

置入性行銷並不是新鮮事。最早的置入性行銷案例是 1933 年寶潔公司（P&G）將 Oxydol 牌的洗衣粉置入廣播節目「Oxydol's Own Ma Perkins」中，寶潔公司因此獲得巨額的利潤，此事件甚至導致了「肥皂劇」（Soap Opera）這個詞的誕生。[67]到了二十世紀末，由於資訊爆炸、受眾的注意力被分散，加上受眾對一般的廣告資訊早已感到疲勞甚至免疫，傳統廣告的效果愈來愈

---

[66] 廖武儀，《電視新聞的政治置入性行銷研究：新聞商品化與新聞工作者的協商》，臺北：世新大學碩士論文，2011。

[67] J.A. Karrh, "Brand Placement: A Review", in 《Journal of Current Issues and Research in Advertising》, 1998, 20(2): 31-49.

差，例如美國一項研究表明，在 2003 年，一家廠商平均要刊登 97 支廣告才能接觸到全美國 80%的婦女觀眾。[68]因此，置入性行銷這種更加隱晦、更不容易被受眾察覺的廣告形式，得到了進一步的發展。美國 PQ Media 估計，1994 年至 2004 年間，置入性行銷每年以 25%的平均速度增長，而 2005 年更增長了 48.7%，市場規模超過 15 億美元。[69]而在中國大陸，置入性行銷在各類傳媒中也是屢見不鮮，從各種冠名節目、電視臺詞和場景中被「置入」的種種商品和品牌資訊，到報刊雜誌的「軟文」、「特刊」等，不一而足。

　　然而，臺灣新聞業置入性行銷的真正問題在於，本該負責管理、限制置入性行銷的政府部門，現在卻開始「裁判轉球員」，自己利用起置入性行銷這項宣傳「利器」了。

　　從 2003 年起，當時執政的民進黨政府開始統一編列預算購買媒體廣告，行政院新聞局於「國家施政宣導及公營事業商品廣告之媒體通路組合案」中，以高達 10 億 9000 萬新臺幣的預算，統一為行政院內十八個部門進行廣告購買，並要求不得以傳統廣告的形式呈現，而必須採用置入性行銷方式包裝成一般的節目內容，自此，臺灣新聞事業的置入性行銷進入了新時代，操作更加專業、規模日益龐大。因為爭議過大，新聞局於 2005 年宣佈停辦置入性行銷，然而這只是明面上的做法，事實上各機關和地方政府依然在利用置入性行銷進行宣傳。

　　而在發行量和傳統廣告同步疲軟的背景下，媒體為了增加收益，甚至開

---

[68] D.K. Thussu, 《News as Entertainment-The Rise of Global Infotainment》, Sage Publications, 2007.
[69] 同上。

始主動去爭取、競標置入性行銷的機會，無論新聞、戲劇還是綜藝節目都可以做置入性行銷，甚而「買廣告送新聞」、「直接買新聞」，而被置入了行銷資訊的新聞甚至被稱為「業配新聞」，也就是新聞完全為了廣告客戶服務，記者跟廣告業務員沒有差別。[70]

圖 4-13　臺灣報紙置入性行銷日益氾濫

---

[70]廖武儀，《電視新聞的政治置入性行銷研究：新聞商品化與新聞工作者的協商》，臺北：世新大學碩士論文，2011。

　　根據臺灣大學新聞研究所 2010 年所做的調查，政府機關對媒體的置入性行銷總經費支出，已經超過了一般企業在這方面的投入。AC 尼爾森 2009 年公佈的廣告量排名也顯示，前五十大政府單位的廣告總量合計達到 12.4 億新臺幣之多。而根據臺灣《財訊》雜誌的統計，2010 年 1 月至 11 月，政府採購決標公告中，直接以購買媒體「新聞專題」或「專題報導」為名的達到 33 件，總金額 4385 萬新臺幣；而若是加上「專題企劃」、「專題行銷」等名義的媒體購買案，累計金額已達 8600 萬新臺幣。[71]還有臺灣政府官員表示，政府置入性行銷這種事一旦開始，就再也無法回頭，因為每個部門都在做，能否在新聞媒體上曝光、宣揚政績已經成為各政府部門競爭的焦點，而增加曝光率最簡單的方式就是直接「購買」新聞。

　　從 2003 年至今，各類大小選舉、臺灣各縣市舉辦的重大活動（例如 2010

---

[71]廖武儀，《電視新聞的政治置入性行銷研究：新聞商品化與新聞工作者的協商》，臺北：世新大學碩士論文，2011。

年開始的臺北市花卉博覽會），幾乎都可以見到各種包裝成新聞的置入性行銷資訊，它們的「報導」方式十分專業，還搭配了各種統計圖表、照片等，許多受眾根本就無法分清這到底是新聞還是廣告資訊。政府帶頭把宣傳資訊植入新聞當中，不僅混淆了新聞和廣告的界限、侵蝕了新聞媒體應有的社會責任和記者的角色認同，更使得受眾愈來愈不信任媒體，這無疑是臺灣新聞自由的一大諷刺。

2011 年 3 月 24 日，臺灣行政院會通過「廣電三法」（廣播電視法、有線廣播電視法、衛星廣播電視法的合稱）修正草案，草案中明訂政府單位不得進行置入性行銷。政府可以出資、贊助、補助節目，但需要明確披露相關資訊。另外，一般節目可以接受適度的商業置入性行銷，但新聞、兒童類節目，則完全禁止任何形式的置入性行銷。若該草案能完成立法程序，則臺灣廣電媒體置入性行銷充斥的亂象可望稍得疏解。

然而，廣電三法僅僅只能約束廣播和電視業者，對於平面媒體以及網路媒體並無約束作用。而臺灣在「出版法」廢止後，平面新聞媒體實質上處於無法可管的狀態。在這個背景下，想要改善報刊雜誌上鋪天蓋地、似是而非的「業配新聞」，除了希冀政府和企業減少這方面投入外，恐怕也只能期望新聞從業人員的自律了。

六、人才培養供過於求

臺灣的新聞傳播教育始於 20 世紀中葉。早在 1935 年，政治大學的前身——國民黨中央政治學校就已設立新聞學系，政治大學在台復校後，亦於

1955 年恢復新聞系，成為臺灣新聞傳播教育的鼻祖。而在職業教育方面，知名報人成舍我於 1956 年於臺北木柵創立「世界新聞職業學校」（世新大學前身），則為臺灣技職體系新聞傳播教育之開端。[72]

圖 4-14 臺灣政治大學傳播學院

此後數十年間，由於臺灣媒介環境相對穩定，「兩報三台」（《聯合報》、《中國時報》兩大報，台視、中視、華視三大電視臺）的格局下，新聞傳播人才的出路固定，就業空間有限，因此設立新聞傳播類科系的學校並未快速增加，公立大學方面始終只有政治大學一所，私立大學則由文化大學、輔仁大學領銜，技職教育方面則先後有世新大學（前「世界新聞職業學校」）、銘傳大學（前「銘傳女子商業專科學校」）、臺灣藝術大學（前「國立藝術專科學校」）設立傳播相關科系。

---

[72] 張晉升、陳致中，〈傳媒經營管理人才培養模式探究——以臺灣地區傳媒經營管理教育為例〉，載《新聞界》，2010 年第 2 期，頁 175-177。

　　穩步成長的局面直到 1990 年代才被打破。翁秀琪指出，1991 年是臺灣傳播教育發展的關鍵年。這一年共有七個傳播相關科系成立；而從 1991 年至 2000 年，每年至少有一個傳播相關科系成立，其中 1994 年有七個傳播相關科系設立，1997 年則更有多達八個相關科系成立。這段期間內設立的傳播類科系，占了臺灣所有傳播系所的七成，可謂「黃金十年」。[73]

　　至今，臺灣地區六十八所綜合性大學中，共有二十三校設立了傳播相關科系，占 33.8%，總計成立了五十一個傳播類科系，及四十個研究所（碩士點）。而在臺灣七十二所技職體系的科技大學和技術學院中，共有十六校設立了傳播相關科系，占 22.2%，共設立了二十個系、五個研究所。

　　臺灣傳播教育近年來的蓬勃發展，其中的原因，可以歸納爲供給和需求兩方面：

(1) 供給：臺灣從 1994 年展開號稱「十年教改」的教育體制改革，改革重點包括放寬新設大學和科系的限制、提高大學錄取率，及技職體系逐漸向普通大學轉變等。十年間，臺灣的大學總數擴增了五倍以上，其中多數是由原來的技術學院或專科升等而來。由於制度的轉變，職業學校或專科畢業生皆可改制爲「科技大學」，可以頒發學士和碩士學位，而普通大學畢業生同樣可報考技職體系的研究所。然而在此同時，臺灣的生育率不斷下降，因此每年報考大學的人數也屢創新低，大學錄取率已高達 97% 以上。在此情況下，各高校爲了在激烈的「搶學生」戰爭中吸引學生的目光，必須絞盡腦汁設立可以吸引學生眼球的系所，而傳播相關科系擁有知識面

---

[73] 翁秀琪，〈臺灣傳播教育的回顧與願景〉，載《新聞學研究》，2001，總第 69 期，頁 29-54。

廣、新穎有趣、就業容易等特點，加上設立成本低，因此成為各大學新設科系的重要選項。

(2) 需求：臺灣自 1980 年代末以來，新聞傳播界的種種變化，包含 1988 年「報禁」開放，1992 年開放設立有線電視臺，加上 20 世紀末網路媒介的興起，都加大了對傳播人才的需求，因此刺激了高校不斷增設新聞傳播專業。此外，隨著媒介本身的發展，所需的不再僅限於傳統的編輯採訪人員，而是向更多元化的人才打開了一扇大門。例如媒介的自由化、市場化，需要懂傳播又懂管理的綜合人才；而行銷觀念的轉變，又需要整合行銷傳播等方面的人才等。

除了新聞傳播相關專業不斷出現外，更值得注意的是是結合新聞傳播與其他學科領域的複合型專業逐漸形成主流。例如結合傳播與電腦的「資訊傳播學系」、「網路傳播學系」，結合傳播與企業管理的「傳播管理學系」，統合傳播與電信技術的「電信傳播研究所」，兼顧新聞傳播與藝術專業的「影像傳播系」、「視覺傳播系」等。這反映了在有線電視、網路、手機等新媒介不斷湧現，以及媒介融合的大背景下，只懂得採編的新聞人才往往不再能滿足業界的要求，傳媒所需要的是更多元、知識結構更完整、更有自我學習和成長能力的複合型人才。

然而不得不承認的是，儘管近二十年來臺灣傳媒的自由化、市場化，使得整體媒介市場不斷成長，造成了傳媒人才供給和需求的同步擴增。但整體而言，供給增加的速度要遠大於需求。因為新聞傳播類專業的開辦成本很低，幾乎只要有教師和課室就可以上課了，遠不像醫學、理工等類型專業需要大

量的專業設備支援；因此在 1990 年代傳媒產業欣欣向榮的背景下，新聞傳播成爲「熱門」專業，各高校當然也就爭先恐後地拚命開設相關科系與研究所。然而在人才的需求面，崗位的增長速度卻始終跟不上相關專業畢業生的增長速度，特別是在 2000 年以後，傳媒行業出現市場飽和、利潤空間愈來愈薄的現象，特別是平面媒體更有逐漸下滑的趨勢。人才需求自然也跟著下挫，此消彼長之下，新聞傳播相關人才的就業前景不容樂觀。

根據臺灣近年一項各專業畢業生就業狀況的調查，工作機會最難找的領域包括：行政總務人事、助理秘書、娛樂演藝、新聞傳播廣告，以及教育教學。其中新聞、傳播、廣告類專業的就業率僅爲 28.83%。除了相關科系擴招過快，導致畢業生數量遠超過業界所能吸納的人數外，另一個問題是新聞傳播類工作的進入門檻較低，並不是只有新聞系畢業生才能當記者，只要有興趣、肯學習，任何領域的畢業生都可以進入這一行，甚至在一些較爲專業的新聞領域，如經濟、財金、科技、醫藥，媒體還更青睞具有相關背景的畢業生。

新聞傳播相關專業從炙手可熱到就業困難，這也從一個側面反映了臺灣新聞產業近年的困境。閱報率的下降、廣告份額遞減、網路媒體來勢洶洶、外媒的強勢登陸，種種因素作用下，平面媒體似乎正在無可遏制地走向衰退。

無論如何，在這個網路媒體已經形成主流，全世界的平面媒體都在苦思生存之道的時代，臺灣的新聞事業，以及新聞從業人員，也都必須兢兢業業，保持高度的彈性與適應能力，盡力尋找新的傳媒增長點，才有可能在這個巨變的時代生存下去。

附錄

附錄 1　臺灣《出版法》（注：本法已於 1999 年廢除）

第一章　總則

第一條　（出版品定義）

本法稱出版品者謂用機械印版或化學方法所印製而供出售或散佈之文書、圖畫。

發音片視爲出版品。

第二條　（出版品分類）

出版品分下列三類：

一　新聞紙類

甲　新聞紙　指用一定名稱，其刊期每日或每隔六日以下之期間按期發行者而言。

乙　雜誌　指用一定名稱，其刊期在七日以上三個月以下之期間按期發行者而言。

二　書籍類　指雜誌以外裝訂成本之圖書冊籍而言。

三　其他出版品類　前兩款以外之一切出版品屬之。

第三條　（發行人）

本法稱發行人者，謂主辦出版品並有發行權之人。

新聞紙、雜誌及出版業系公司組織或共同經營者，其發行權應屬於依法設立之公司或從其契約之規定。

第四條　（著作人）

本法稱著作人者，謂著作文書、圖畫、發音片之人。

筆記他人之演述，登載於出版品者，其筆記之人，視爲著作人；但演述人予以承諾者，應同負著作人之責任。

關於著作物之編纂，其編纂人視爲著作人；但原著作人，予以承諾者，應同負著作人之責任。

關於著作物之翻譯，其翻譯人視爲著作人。

關於專用學校、公司、會所，或其他團體名義著作之出版品，其學校、公司、會所，或其他團體之代表人，視爲著作人。

出版品所登載廣告、啓事，以委託登載人爲著作人；如委託登載人不明，或無負民事責任之能力者，以發行人爲著作人。

第五條　（編輯人）

本法稱編輯人者，謂掌管編輯出版品之人。

第六條　（印刷人）

本法稱印刷人者，謂主管印刷出版品之人。

第七條　（主管官署）

本法稱主管官署者：在中央爲行政院新聞局；在地方爲省（市）政府及縣（市）政府。

第八條　（外籍人民出版規定）

外籍人民得依本法規定聲請發行出版品，並遵守中華民國關於出版品之一切法令。但該外籍人民之本國出版法律對於中華民國人民有差別待遇時，不得享受本法所給予之待遇。

第二章　新聞紙及雜誌

第九條　（登記程序）

新聞紙或雜誌之發行，應由發行人於首次發行前，填具登記聲請書報經該管直轄市政府或該管縣（市）政府轉報省政府，核與規定相符者。准予發行，並轉請行政院新聞局發給登記證。

前項登記手續各級機關均應於十日內為之，並不收費用。

登記聲請書應載明之事項如下：

一　名稱。

二　發行旨趣。

三　刊期。

四　組織概況。

五　資本總額。

六　發行所及印刷所之名稱及所在地。

七　發行人及編輯人姓名、性別、年齡、籍貫、經歷及住所。

第十條　（變更登記）

前條所定應聲請登記之事項有變更者，其發行人應於變更後七日內，按照登記時之程序，聲請變更登記。

前項變更登記之聲請，如係變更新聞紙，或雜誌之名稱，發行人或發行所所在地管轄者，應於變更前，附繳原領登記證，按照前條之規定重行登記。

第十一條 （發行人或編輯人之限制）

有下列情形之一者，不得為新聞紙或雜誌之發行人或編輯人。

一 國內無住所者。

二 禁治產者。

三 被處二月以上之刑在執行中者。

四 遞奪公權尚未複權者。

第十二條 （註銷登記）

新聞紙或雜誌廢止發行者，原發行人應按照登記時之程序，聲請登出登記。

新聞紙或雜誌獲准登記後滿三個月尚未發行者，或發行中斷，新聞紙逾期三個月，雜誌逾期六個月，尚未繼續發行者，註銷其登記。

前項所定限期，如因不可抗力或有其他正當事由，發行人得呈請延展。

第十三條 （應記載事項）

新聞紙或雜誌應記載發行人之姓名、登記證號數、發行年月日、發行所印刷所之名稱及所在地。

第十四條 （發行時之分送）

新聞紙及雜誌之發行人，應於每次發行時分送行政院新聞局、地方主管官署及內政部、國立中央圖書館各一份。

第十五條 （更正或辯駁書之登載）

新聞紙或雜誌登載事項，涉及之人或機關要求更正或登載辯駁書者，在日刊之新聞紙，應於接到要求後三日內更正，或登載辯駁書；在非日刊之新聞紙或雜誌，應於接到要求時之次期為之。但其更正或辯駁書之內容，顯違法令，或未記明要求人之姓名、住所或自原登載之日起，逾六個月而始行要求者，不在此限。

更正或辯駁書之登載，其版面應與原文所載者相同。

第三章 書籍及其他出版品

第十六條 （登記程序）

發行書籍或其他出版品之出版業，應依第九條第一項第二項之規定聲請登記。

登記聲請書，應載明之事項如下：

一 出版業公司或書店之名稱、組織及所在地。

二 資本數額。

三 印製所之名稱及所在地。

四 發行書籍或其他出版品之類別。

五 發行人及編輯人之姓名、性別、年齡、籍貫、經歷及住所。

第十七條 （變更登記）

發行書籍或其他出版品之出版業公司，或書店之發行、變更登記，准用第十條之規定。

第十八條 （出版業發行人及編輯人之限制）

發行書籍或其他出版品之出版業發行人及編輯人，准用第十一條之規定。

第十九條　（非出版業發行之規定）

機關學校團體及著作人或其繼承人、代理人，出版發行書籍或其他出版品者，不適用第十六條至十八條之規定。

第二十條　（應記載事項）

書籍或其他出版品，應記載著作人、發行人之姓名、住所、發行年月日、發行版次、發行所、印製所之名稱及所在地。

第二十一條　（教科圖書發音片之印行）

出版品之為學校或社會教育各類教科圖書發音片者，應經教育部審定後，方得印行。

第二十二條　（發行時之分送）

書籍或其他出版品於發行時，應由發行人分別寄送行政院新聞局及國立中央圖書館各一份，改訂增刪原有之出版品而為發行者，亦同。但出版品系發音片時，得免予寄送國立中央圖書館。

第四章　出版之獎勵及保障

第二十三條　（出版之獎勵或補助）

出版事業或出版品，合於下列各款情形之一者，應予以獎勵或補助：

一　合於憲法第一百六十七條第三款之規定者。

二　對教育文化有重大貢獻者。

三　宣揚國策有重大貢獻者。

四 在邊疆海外或貧脊地區，發行出版品，對當地社會有重大貢獻者。

五 印行重要學術專門著作，或邊疆海外及職業學校教科書者。

前項獎勵或補助另以法律定之。

第二十四條 （免征營業稅之出版品）

新聞紙、雜誌、教科書及經政府獎勵之重要學術專門著作之發行，得免征營業稅。

第二十五條 （出版品傳遞之優待）

出版品委託國營交通機構代為傳遞時，得予優待。

第二十六條 （便利新聞採訪或資料徵集）

新聞紙或雜誌採訪新聞或徵集資料，政府機關應予以便利。

前項新聞資料之傳遞，准用前條之規定。

第二十七條 （印刷原料之供應）

出版品所需紙張及其他印刷原料，主管官署得視實際需要情形，計畫供應之。

第二十八條 （出版之保障）

發行出版品之出版機構或發行人、著作人、編輯人、印刷人之事業進行，遇有侵害情事，政府應迅採有效之措施，予以保障。

第二十九條 （處分之限制）

新聞紙或雜誌違反第三十二條至第三十五條之禁載及限制事項，發行已逾三個月者，不得再予處分。

第三十條 （訴願、行政訴訟之裁決期限）

出版品因受本法所定之行政處分提起訴願時，其受理官署，應於一個月內，予以決定，訴願人如依法提起行政訴訟時，行政法院應於受理日起一個月內裁決之。

第三十一條 （處分失當之責任）

為行政處分之官署，如因處分失當，而應負法律責任者，依有關法律辦理。

第五章 出版品登載事項之限制

第三十二條 （出版品登載之限制）

出版品不得為下列各款之記載：

一 觸犯或煽動他人，觸犯內亂罪，外患罪者。

二 觸犯或煽動他人，觸犯妨害公務罪，妨害投票罪，或妨害秩序罪者。

三 觸犯或煽動他人，觸犯褻瀆祀典罪，或妨害風化罪者。

第三十三條 （訴訟事件登載之限制）

出版品對於尚在偵查或審判中之訴訟事件，或承辦該事件之司法人員，或與該事件有關之訴訟關係人，不得評論，並不得登載禁止公開訴訟事件之辯論。

第三十四條 （命令禁止或限制登載事項）

戰時或遇有變亂，或依憲法為急速處分時，得依中央政府命令之所定，禁止或限制出版品關於政治軍事外交之機密，或危害地方治安事項之記載。

第三十五條 （更正辯駁書廣告登載之限制）

以更正辯駁書廣告等方式，登載於出版品者，應受第三十二條至第三十四條規定之限制。

第六章　行政處分

第三十六條　（行政處分種類）

出版品如違反本法規定，主管官署得為下列行政處分：

一　警告。

二　罰鍰。

三　禁止出售散佈進口或扣押沒入。

四　定期停止發行。

五　撤銷登記。

第三十七條　（警告情形）

出版品違反第三十二條第三款及第三十三條之規定，情節輕微者，得予以警告。

第三十八條　（罰鍰情形）

出版品有下列情形之一者，得予以罰鍰：

一　違反第十四條或第二十二條之規定，不寄送出版品，經催告無效者，處一百元以下罰鍰。

二　不為第十三條或第二十條所規定之記載，或記載不實者，處三百元以下罰鍰。

三　不為第十五條之更正，或已更正而與登載事項涉及之人或機關，要求

更正或登載辯駁書之內容不符，經當事人向該主管官署檢舉，並查明屬實者，處五百元以下罰鍰。

第三十九條 （禁止出售散佈或扣押情形）

出版品有下列情形之一者，得禁止其出售及散佈，必要時，並得予以扣押。

一 不依第九條或第十六條之規定，呈准登記，而擅自發行出版品者。

二 出版品違反第二十一條之規定者。

三 出版品之記載，違反第三十二條第二款及第三款之規定者。

四 出版品之記載，違反第三十三條之規定，情節重大者。

五 出版品之記載，違反第三十四條之規定者。

依前項規定扣押之出版品，如經發行人之請求，得於刪除禁載或禁令解除時返還之。

第四十條 （定期停止發行情形）

出版品有下列情形之一者，得定期停止其發行：

一 出版品就應登記事項為不實之陳述而發行者。

二 不為第十條或第十七條之聲請變更登記，而發行出版品者。

三 出版品之記載違反第三十二條第一款之規定者。

四 出版品之記載違反第三十二條第二款及第三款之規定情節重大者。

五 出版品之記載違反第三十四條之規定情節重大者。

六 出版品經依第三十七條之規定連續三次警告無效者。

前項定期停止發行處分，非經行政院新聞局核定不得執行，其期間不得

超過一年。

違反第一項第三款之規定者，得同時扣押其出版品。

第四十一條 （撤銷登記情形）

出版品有下列情形之一者，由行政院新聞局予以撤銷登記：

一 出版品之記載，觸犯或煽動他人觸犯內亂罪、外患罪、情節重大，經依法判決確定者。

二 出版品之記載，以觸犯妨害風化罪為主要內容，經予以三次定期停止發行處分，而繼續違反者。

第四十二條 （沒入情形）

出版品經依法註銷登記，或撤銷登記，或予以定期停止發行處分後，仍繼續發行者，得沒入之。

第四十三條 （禁止進口情形）

國外發行之出版品，有應受第三十七條及第三十九條至第四十一條處分之情形者，行政院新聞局得禁止其進口。

前項違禁進口之出版品，省政府或直轄市政府得扣押之。

第四十四條 （其他法律規定）

違反本法之規定，除依第三十七條至第四十三條之規定處罰外，其觸犯其他法律者，依各該有關法律辦理。

第七章　附則

第四十五條 （施行細則之訂定）

本法施行細則，由行政院新聞局定之。

第四十六條 （施行日）

本法自公佈日施行。

附錄2　臺灣《國家通訊傳播委員會組織法》

第1條　　為落實憲法保障之言論自由，謹守黨政軍退出媒體之精神，促進通訊傳播健全發展，維護媒體專業自主，有效辦理通訊傳播管理事項，確保通訊傳播市場公平有效競爭，保障消費者及尊重弱勢權益，促進多元文化均衡發展，提升國家競爭力，特設國家通訊傳播委員會（以下簡稱本會）。

第2條　　自本會成立之日起，通訊傳播相關法規，包括電信法、廣播電視法、有線廣播電視法及衛星廣播電視法，涉及本會職掌，其職權原屬交通部、行政院新聞局、交通部電信總局者，主管機關均變更為本會。其他法規涉及本會職掌者，亦同。

第3條　　本會掌理下列事項：

一、通訊傳播監理政策之訂定、法令之訂定、擬訂、修正、廢止及執行。

二、通訊傳播事業營運之監督管理及證照核發。

三、通訊傳播系統及設備之審驗。

四、通訊傳播工程技術規範之訂定。

五、通訊傳播傳輸內容分級制度及其它法律規定事項之規範。

六、通訊傳播資源之管理。

七、通訊傳播競爭秩序之維護。

八、資通安全之技術規範及管制。

九、通訊傳播事業間重大爭議及消費者保護事宜之處理。

十、通訊傳播境外事務及國際交流合作之處理。

十一、通訊傳播事業相關基金之管理。

十二、通訊傳播業務之監督、調查及裁決。

十三、違反通訊傳播相關法令事件之取締及處分。

十四、其他通訊傳播事項之監理。

第4條　　本會置委員十三人，均爲專任，其中一人爲主任委員，特任，對外代表本會；二人爲副主任委員，職務比照簡任第十四職等；其餘委員職務比照簡任第十三職等。委員任期爲三年，任滿得連任一次。

本會委員依電信、資訊、傳播、法律或財經等專業學識或實務經驗等領域，由各政黨（團）接受各界舉薦，並依其在立法院所占席次比例共推薦十五名、行政院院長推薦三名，交由提名審查委員會審查（以下簡稱審查會）。各政黨（團）應於本法施行日起十五日內完成推薦。

審查會應於本法施行日起十日內，由各政黨（團）依其在立法院所占席次比例推薦十一名學者、專家組成。審查會應於接受推薦名單後，二十日內完成審查，本項審查應以聽證會程序公開爲之，並以記名投票表決。審查會先以審查會委員總額五分之三以上爲可否之同意，如同意者未達十三名時，其缺額隨即以審查會委員總額二分之一以上爲可否之同意。行政院院長應於七日內依審查會通過同意之名單提名，並送立法院同意後即任命之。

前二項之推薦，各政黨（團）未於期限內完成者，視爲放棄。

本會應於任命後三日內自行集會成立，並互選正、副主任委員。行政院院長應於選出後七日內任命。主任委員、副主任委員應分屬不同政黨（團）推薦人選；行政院院長推薦之委員視同執政黨推薦人選。

委員任滿三個月前，應依第二項、第三項程序提名新任委員；委員出缺過半時，其缺額依第二、三項程序辦理。繼任委員任期至原任期屆滿為止。

首屆審查會所需人員及預算由國家通訊傳播委員會籌備處支應。第二屆審查會所需人員及預算由國家通訊傳播委員會支應。

第 5 條　　主任委員出缺或因故無法行使職權時，由副主任委員代理；主任委員、副主任委員均出缺或因故無法行使職權時，由其他委員互推一人代理主任委員。

第 6 條　　本會委員於擔任職務前三年，須未曾出任政黨專任職務、參與公職人員選舉或未曾出任政府機關或公營事業之有給職職務或顧問，亦須未曾出任由政府機關或公營事業所派任之有給職職務或顧問。但依本法任命之委員不在此限。

第 7 條　　本會依法獨立行使職權。

本會委員應超出黨派之外，獨立行使職權，於任職期間應謹守利益回避原則，不得參加政黨活動或擔任政府機關或公營事業之職務或顧問，並不得擔任通訊傳播事業或團體之任何專任或兼任職務。

本會委員於其離職後三年內，不得擔任與其離職前五年內之職務直接相關之營利事業董事、監察人、經理、執行業務之股東或顧問。

本會委員於其離職後三年內，不得就與離職前五年內原掌理之業務有直接利益關係之事項，為自己或他人利益，直接或間接與原任職機關或其所屬機關接洽或處理相關業務。

第 8 條　　本會所掌理事務，除經委員會議決議授權內部單位分層負責者外，應由委員會議決議行之。

下列事項，應提委員會議決議，不得為前項之授權：

一、通訊傳播監理政策、制度之訂定及審議。

二、通訊傳播重要計畫及方案之審議、考核。

三、通訊傳播資源分配之審議。

四、通訊傳播相關法令之訂定、擬訂、修正及廢止之審議。

五、通訊傳播業務之公告案、許可案及處分案之審議。

六、編制表、會議規則及處務規程之審議。

七、內部單位分層負責明細表之審議。

八、人事室、會計室及政風室以外單位主管遴報任免決定之審議。

九、預算及決算之審核。

十、其他依法應由委員會議決議之事項。

第 9 條　　本會每週舉行委員會議一次。必要時，得召開臨時會議。

委員會議，由主任委員為主席，主任委員因故不能出席時，由副主任委員代理；主任委員、副主任委員均不能出席時，由其他委員互推一人為主席。

會議之決議，應以委員總額過半數之同意行之。各委員對該決議得提出協同意見書或不同意見書，並同會議決議一併公佈之。

本會得經委員會議決議，召開分組委員會議。

本會委員應依委員會議決議，按其專長及本會職掌，專業分工督導本會相關會務。

委員會議開會時，得邀請學者、專家與會。並得請相關機關、事業或團體派員列席說明、陳述事實或提供意見。

委員會議審議第三條或第八條涉及民眾權益重大事項之行政命令、行政計畫或行政處分，應適用行政程序法第一章第十節聽證程序之規定，召開聽證會。

第 10 條　　協商刪除。

第 11 條　　本會置主任秘書一人，職務列簡任第十二職等。

第 12 條　　本會相關人員應由交通部郵電司、交通部電信總局及行政院新聞局廣播電視事業處之現有人員，隨同業務移撥為原則。

本會各職稱之官等職等及員額，另以編制表定之。

第 13 條　　本會得商請警政主管機關置專責員警,協助取締違反通訊傳播法令事項。

第 14 條　　本會所需之人事費用,應依法定預算程序編定。

本會依通訊傳播基本法第四條規定設置通訊傳播監督管理基金;基金來源如下:

一、由政府循預算程序之撥款。

二、本會辦理通訊傳播監理業務,依法向受本會監督之事業收取之特許費、許可費、頻率使用費、電信號碼使用費、審查費、認證費、審驗費、證照費、登記費及其它規費之百分之五至十五。但不包括政府依公開拍賣或招標方式授與配額、頻率及其它限量或定額特許執照所得之收入。

三、基金之孳息。

四、其他收入。

通訊傳播監督管理基金之用途如下:

一、通訊傳播監理業務所需之支出。

二、通訊傳播產業相關制度之研究及發展。

三、委託辦理事務所需支出。

四、通訊傳播監理人員訓練。

五、推動國際交流合作。

六、其他支出。

通訊傳播監督管理基金之收支、保管及運用辦法，由行政院定之。第二項第二款至第四款之基金額度無法支應通訊傳播監督管理基金之用途時，應由政府循公務預算程序撥款支應。

第 15 條　　本會於年度預算執行中成立，其因調配人力移撥員額及業務時，所需各項經費，得由移撥機關在原預算範圍內調整支應，不受預算法第六十二條及第六十三條規定之限制。

第 16 條　　本法施行前交通部郵電司、交通部電信總局及行政院新聞局廣播電視事業處之現職人員隨業務移撥至本會時，其官等、職等、服務年資、待遇、退休、資遣、撫恤、其他福利及工作條件等，應予保障。

前項人員，不受公務人員考試法、公務人員任用法有關特考特用及轉調規定之限制。但再轉調時，以原請辦考試機關及所屬機關、本會之職務為限。

第一項人員原依交通事業人員任用條例第八條第一項規定轉任者，仍適用原轉任規定，但再改任其他非交通行政機關職務時，仍應依交通事業人員任用條例第八條第二項規定辦理。

第一項人員所任新職之待遇低於原任職務，其本（年功）俸依公務人員俸給法第十一條規定核敘之俸級支給，所支技術或專業加給較原支數額為低者，准予補足差額，其差額並隨同待遇調整而並銷。主管人員經調整為非主管人員者，不再支領主管職務加給。

第一項人員，原為中華民國八十五年七月一日電信總局改制之留任人

員，及自中華民國八十五年七月一日起至中華民國八十七年六月三十日期間由中華電信股份有限公司商調至電信總局之視同留任人員，已擇領補足改制前後待遇差額且尚未並銷人員，仍得依補足改制前後待遇差額方式辦理。

本法施行前，原中華民國八十五年七月一日電信總局改制之留任人員，其自中華民國八十四年七月一日至中華民國八十五年六月三十日止，如未自行負擔補繳該段年資退撫基金費用本息，仍應准視同中華民國八十四年七月一日公務人員退休法修正施前之任職年資予以採計。

第五項人員，曾具電信總局改制前依交通部核備之相關管理法規雇用之業務服務員、建技教員佐（實習員佐）、差工之勞工年資，其補償方式，仍依行政院規定辦理。

第 17 條　　協商刪除。

第 18 條　　自通訊傳播基本法施行之日起至本會成立之日前，通訊傳播相關法規之原主管機關就下列各款所做之決定，權利受損之法人團體、個人，於本會成立起三個月內，得向本會提起覆審，但已提起行政救濟程式者，不在此限：

一、通訊傳播監理政策。

二、通訊傳播事業營運之監督管理、證照核發、換發及廣播、電視事業之停播、證照核發、換發或證照吊銷處分。

三、廣播電視事業組織及其負責人與經理人資格之審定。

四、通訊傳播系統及設備之審驗。

五、廣播電視事業設立之許可與許可之廢止、電波發射功率之變更、停播或吊銷執照之處分、股權之轉讓、名稱或負責人變更之許可。

覆審決定，應回復原狀時，政府應即回復原狀，如不能回復原狀者，政府應予補償。

第19條　　本法自公布日施行。

自本會成立後至各相關機關人員、財產完成移撥整並前，本會有關之業務應由本會統籌協調各機關為之。

參考文獻

[1] D.K. Thussu,《News as Entertainment-The Rise of Global Infotainment》, Sage Publications, 2007.

[2] J.A. Karrh,「Brand Placement: A Review」, in 《Journal of Current Issues and Research in Advertising》, 1998, 20(2): 31-49.

[3] J. McManus,「A Market-Based Model of News Production」, in《Communication Theory》, 1995, 5(4):301-338.

[4] 楚崧秋,《新聞與我》,臺北:東大圖書公司,1995。

[5] 刁曼蓬、遊常山,〈第一大報,金子打造?三大報經營爭霸戰〉,《天下雜誌》194 期, 1997。

[6] 洪桂己,《臺灣報業史的研究》,臺北:政治大學新聞研究所碩士論文,1957。

[7] 侯吉諒,〈明日報留下的啟示〉,載《民生報》2001 年 2 月 24 日 A2 版。

[8] 胡幼偉,〈一份嶄新報紙的誕生〉,《民生報十年》,臺北:《民生報》出版,1988。

[9] 黃年主編,《聯合報四十年》,臺北:聯經出版事業公司,1991。

[10] 賴光臨,《70 年中國報業史》,臺北:《中央日報》出版,1981。

[11] 賴光臨,〈檢驗 70 年代報業的發展〉,《中華民國新聞年鑑 80 年版》,臺北:臺北市新聞 記者公會,1991。

[12] 李瞻,〈三十年來的大眾傳播事業〉,《臺灣光復三十年》,台中:臺灣省政府新聞處,1975。

[13] 廖武儀,《電視新聞的政治置入性行銷研究:新聞商品化與新聞工作者的協商》,臺北: 世新大學碩士論文,2011。

[14] 羅文輝,《精確新聞報導》,臺北:正中書局,1991。

[15] 羅文輝,《無冕王的神話世界》,臺北:天下文化出版公司,1994。

[16] 潘家慶,《新聞媒介與社會責任》,臺北:臺灣商務印書館,1992。

[17] 潘賢模,〈臺灣初期的新聞事業〉,《報學》第 2 卷第 5 期,臺北:中華民國新聞編輯人 協會,1959。

[18] 任念祖,〈當前報紙電腦化的發展概況〉,《報學》第 6 卷第 7 期,臺北:中華民國新聞 編輯人協會,1981。

[19] 蘇鑰機:〈完全市場導向新聞學:蘋果日報個案研究〉,陳韜文、朱立、潘忠黨編:《大眾 傳播與市場經濟》,香港爐峰學會出版社,1997。

[20] 王洪鈞,《臺灣新聞事業發展證言》,臺北:臺北市新聞記者公會,1998。

[21] 王麗美,《報人王惕吾》,臺北:天下文化出版,1994。

[22] 王惕吾,《聯合報三十年的發展》,臺北:《聯合報》出版,1981。

[23] 王惕吾,《我與新聞事業》,臺北:聯經出版,1991。

[24] 王天濱，《臺灣地方新聞理論與實務》，臺北：三民書局，2000。

[25] 王天濱，《臺灣新聞傳播史》，臺北：亞太圖書，2002。

[26] 翁秀琪，〈臺灣傳播教育的回顧與願景〉，載《新聞學研究》，2001，總第 69 期，頁 29-54。

[27] 吳純嘉，《人民導報研究兼論其反映出的戰後初期臺灣政治、經濟與社會文化變遷》，中壢：中央大學歷史研究所碩士論文，1999。

[28] 吳三連、蔡培火、葉榮鍾、陳逢源、林柏壽，《臺灣民族運動史》，臺北：《自立晚報》出版，1993。

[29] 徐佳士，〈不頒文憑的學府〉，《六十年來的中央日報》，臺北：《中央日報》出版，1988。

[30] 徐佳士，〈假使家中只訂一份報紙〉，蔡格森主編《民生報二十年》，臺北：《民生報》出版，1998。

[31] 楊肇嘉，《楊肇嘉回憶錄》，臺北：三民書局，1968。

[32] 楊志弘：《臺灣地區傳播產業發展現狀與未來》，載崔保國主編《2009 年：中國傳媒產業發展報告》，北京：社會科學文獻出版社，2009 年 5 月。

[33] 葉明勳，《感懷集》，臺北：躍升文化公司，1995。

[34] 葉明勳，《光復以來的臺灣報業》，臺北：《中央日報》出版，1957。

[35] 于衡，《聯合報三十年》，臺北：《聯合報》出版，1971。

[36] 張晉升、陳致中，〈傳媒經營管理人才培養模式探究——以臺灣地區傳媒經營管理教育為例〉，載《新聞界》，2010 年第 2 期，頁 175-177。

[37] 張青菁，〈國內報導民意測驗的初探〉，《民意月刊》第 125、126 期，1987。

[38] 鄭逸之，〈聯合報電腦排版系統的發展〉，《報學》第 7 卷第 4 期，臺北：中華民國新聞編輯人協會，1985。

[39] 《中國時報》四十年編輯委員會，《中國時報四十年》，1990。

[40] 朱傳譽，〈紀述報，一張不載報史的重要報紙〉，《報學》第 3 卷第 2 期，臺北：中華民國新聞編輯人協會，1963。

[41] 《自立晚報》報史編纂小組，《自立晚報四十年》，1989。